DISPENSARUL
SF

FLORENTIN HAIDAMAC
POVESTIRI ȘI ESEURI

EDITURA CYGNUS
SUCEAVA, 2013

ISBN 978-973-1768-46-5
Colecţia Clubul de Iniţiativă Literară
Coordonatorul colecţiei: Mircea Nanu-Muntean
Editor: George Sauciuc
Copertă şi grafică: Bogdan-Sorin Popescu [buchwald.tumblr.com]
Ilustraţie: Mircea Nanu-Muntean

Descrierea CIP a Bibliotecii Naţionale a României
HAIDAMAC, FLORENTIN,
    Dispensarul SF. Povestiri şi eseuri / Florentin Haidamac
    – Suceava: Cygnus, 2013
    ISBN 978-973-1768-46-5

821.135.1-32

DISPENSARUL SF

FLORENTIN HAIDAMAC
POVESTIRI ȘI ESEURI

EDITURA CYGNUS
SUCEAVA, 2013

Cuvânt înainte
De GEORGE SAUCIUC

De obicei, o prefață prezintă într-un mod scolastic și academic lucrarea ce urmează a fi citită. Marele păcat al prefeței este acela, că de cele mai multe ori strică plăcerea prin dezvăluirea anumitor momente cheie a lucrării. De aceea, eu voi face o prefață diferită. Nu voi prezenta cartea ci autorul.

Mi-a făcut plăcere să citesc schițele lui Florentin Haidamac. De cele mai multe ori, chiar le-am citit în avanpremieră și, de fiecare dată, m-au pătruns. Schițele lui literare se construiesc pe o idee, un concept filozofic și nu neapărat că vorbeau despre altceva decât realitatea contemporană. O realitate pe care o confruntăm, ne lovește este frustrantă, de cele mai multe ori nedreaptă.

Omul care semnează această carte nu este prea diferit de autorul care a scris povestirile ce i-au adus două premii apreciative (*Premiul Clubului SF Cygnus-Quasar Suceava* pentru debut – 2012 – și *Premiul FanSF* pentru cea mai bună povestire a unui autor român nepublicat în volum - 2013). Este animat de dăruire. Se dăruiește scrisului, pasiunilor și serviciului cu același energie, dat de vanitatea omului care dorește să atingă perfecțiunea spirituală.

Spuneam mai demult, într-un articol pe blogul personal, că abia aștept debutul pe hârtie și sper să nu-și piardă entuziasmul. Din fericire nu și l-a pierdut, din contra chiar, și cu o încăpățânare demnă de un activist, ne prezintă primul rezultat al ucenicii în făuritor de lumi prin folosirea peniței şi a creionului.

„Un scriitor este cineva care-şi petrece ani întregi încercând cu răbdare să descopere o a doua fiinţă în interiorul său, şi lumea care-l face să fie ceea ce este. [...] A fi scriitor înseamnă a recunoaşte rănile secrete pe care le purtăm în noi – atât de tainice, încât noi înşine abia ne dăm seama de ele – şi a le explora cu răbdare, a le cunoaşte a le limpezi, a stăpâni suferinţele şi a le preschimba în elemente conştiente ale spiritului şi scrisului nostru. Scriitorul vorbeşte despre lucruri pe care oricine le cunoaşte doar că nu ştie că le cunoaşte". Aceste cuvinte au fost rostite de către Orhan Pamuk, la decernarea Premiului Nobel pentru Literatură în 2006, şi, nu am găsit altele pentru a încheia prefaţa debutului pe hârtie al prietenului meu, Florentin Haidamac. Un scriitor în devenire.

Ruga

Sunt îndrăgostit de munca mea, de oameni, de cabinetul meu. De halatul meu alb.

Practic medicina cu pasiune. Sunt un tip vulcanic, uneori cinic, alteori din cale afară de emotiv. Per total, sunt în echilibru cu ceea ce este în jurul meu. Nu sufăr de mitul sau complexul doctorului care le știe pe toate. De multe ori le spun pacienților că încerc să-i ajut în limita cunoștințelor pe care le am. Oamenii îmi zâmbesc frumos și-mi spun: *lăsați, domn' doctor, matale știți multe.*

Am primit zilele trecute, din nou, un e-mail cu o ofertă concretă de lucru în Suedia. Țara mea de suflet. Sincer să fiu, am completat un C.V. mai demult în care am specificat că aș vrea să lucrez în condiții vitrege. Chiar în așezări izolate. După cum știți, îmi place foarte mult Kiruna, oraș promovat în povestirea mea, **Dualism**. Am fost singurul care și-a exprimat disponibilitatea de a lucra acolo. Cred că din această cauză am fost selectat. Greșeala mea a fost că am povestit asistentelor despre asta. Astăzi e doliu la dispensar. Lumea a aflat că vreau să plec. Mi se rupe inima când văd băbuțele cum plâng. Când văd moșnegii care vin să mă întrebe cu ce anume m-au supărat. Când văd mamele venind cu copiii în brațe, rugându-mă să nu-i părăsesc. Vă spun atât: *Nu plec nicăieri!*

Astea fiind zise, vreau să vă povestesc despre un eșec.

Mă mai duc sâmbătă dimineața la cabinet. Nu am de

lucru, nu consult, mai scriu, mai citesc. Mai pun femeia de serviciu să facă una alta, mai arhivez ceva hârțoage. E o atmosferă care pe mine mă încarcă pozitiv.

Când *Tarja* își făcea numărul de magie cu octavele pe care doar o soprană de calitate le poate atinge, sună telefonul. Răspund și constat că e una din asistente.

- Bună ziua, domn' doctor.

- Bună. Ce s-a întâmplat?

- Sunteți cumva la cabinet?

- Sunt. Dar nu mai stau mult.

- Vă rog să veniți repede în spatele școlii. E cineva căzut în șanț.

- Nu e beat?

Își schimbă tonul și îmi dau seama că e ceva serios deoarece a învățat multe de la mine. Are capacitatea de a recunoaște o adevărată urgență.

- Vă rog veniți!

Îmi iau geanta roșie, în care am o mulțime de fiole. Fug spre locul faptei.

Ajung acolo și văd un om, la vreo cincizeci de ani. Asistenta era lângă el. Începuse deja manevrele de resuscitare. În jur, babe, moșnegi, inclusiv mama omului, care îi susținea capul. Se face liniște.

Sar în șanț, iau pulsul și tensiunea arterială. Valorile lor: zero.

Mă urc pe el, pun un tifon pe gura pacientului și rag.

- Unul din spectatori să sune la 112 și să spună că e un caz grav pentru care doctorul a început reanimarea.

Dragii mei, am făcut patruzeci de minute masaj cardiac, respirație gură la gură, sub privirile femeii ce credea în mine. I-am făcut multiple fracturi de coaste apăsând, dar nu am reușit să-l aduc înapoi. Ambulanța a sosit în zece minute. Asistenta îmi spune:

- Să vă înlocuiesc? Sunteți obosit?
- Sub nici o formă. Adu defibrilatorul.

Degeaba. Am tras de mine. Nu îmi mai simțeam mâinile. Tâmplele îmi pulsau îngrozitor. Timpul trecea parcă prea repede. Într-un final, după mari eforturi, substanțe, șocuri electrice, mă văd nevoit să anunț:

- Ora decesului, 11:40.

Mă ridic din șanț, neîndrăznind să privesc în ochii bătrânei care trece prin cel mai cumplit moment al vieții ei. Nu e drept ca părinții să vadă moartea copiilor, nu e drept ca cerurile să ceară tribut de vieți în modul ăsta.

Îmi vine să urlu de frustrare. De nervi. De revoltă. Moartea e un fenomen firesc în natură. Numai oamenii îl fac înspăimântător.

Mă îndrept spre cabinet cu un gust amar, cu sufletul sfâșiat și cu o mare întrebare: de ce dracu' m-am făcut doctor? Trebuia să o ascult pe mama și să mă fac ceasornicar. Mi-e rău organic și nu pot scăpa de starea asta. Chiar și acum, când îmi amintesc, mi se urcă sângele la cap.

Doamne, dacă mă iubești măcar a infinita parte din cât Te iubesc eu, nu mă mai pune în situații din astea, sau, dacă mă pui, în nemărginita Ta bunătate, dă-mi darul de a reuși în eforturile mele. În fiecare zi Te rog asta, Știi doar. Nu Îți cer nimic altceva. Când voi da ochii cu Tine, tot asta te voi ruga.

Condica de reclamaţii

Ca orice instituţie publică respectabilă din ţara asta, sunt dotat cu o condică de sugestii şi reclamaţii. Aceasta este expusă la intrare, la dispoziţia doritorilor. Eu nu prea o bag în seamă pentru că nu mă interesează subiectul acesta. Sper ca pacienţii să fie multumiţi de serviciile mele.

Surpriza majoră a venit azi dimineaţă, când am văzut foarte multă lume completând foile ei, semnând cu mare sârg. Sincer să fiu, am avut emoţii. Ce naiba am făcut în ultima vreme de scriu pacienţii în condică?

Nu am lăsat sa se vadă nimic pe faţa mea, dar atunci când s-a eliberat sala am luat caietul şi, grăbit, am parcurs următoarele:

Nu suntem de acord ca doctorul să meargă la specializare, noi suntem multumiti de el, cu câte cunostinţe are.

Erau patruzeci de semnături. Eu am anunţat de săptămâna trecută că mă duc la Iaşi la un curs şi lumea a crezut că voi veni atât de specialist încât voi fi transferat la spital.

Numai SF-uri la mine la cabinet....

Pârnăiașul sinucigaș

Continuând seria de povestiri din ciclul **Dispensarul SF**, vreau să vă prezint un caz din care am tras multe concluzii referitoare la starea sistemului sanitar din România. Atât de reformat și blamat de toată lumea.

Era o dimineață de vară, cu un soare frumos, blând și cu o temperatură plăcută. Aveam o stare de spirit extraordinară. După orele de cabinet, mă duceam la un meci de tenis în Rădăuți.

În portbagaj se odihneau geanta cu echipament și racheta mea din carbon. Cu gândul la strategia pe care aveam să o abordez pe teren am condus surescitat până la cabinet. Nu mă aștepta multă lume pentru că, vara, populația, așa îmbătrânită cum e, merge la câmp. Trec babele și moșii de 70-80 de ani cu sapa în spate și muncesc într-o căldură înfiorătoare pentru câteva roade ale pământului. De zece ani văd asta, dar mă impresionează de fiecare dată.

Stăteam singur. Mă gândeam la tot felul de chestii când, deodată, aud sirene. Mă uit pe geam și văd două ambulanțe, o mașină de descarcerare și o dubă de poliție.

Pun mâna pe telefon și sun la postul de gabori.

- Neața domn' comisar! Ce se întâmplă?

- Se spânzură Vasile. E în copac cu funia de gât și amenință că se aruncă.

- Și ce e cu desfășurarea asta de forțe?

- Sunt veniți de la Siret: salvare, SMURD, un inspector

de poliţie şi psihologul de la noi. Plec şi eu încolo. Trec să vă iau?

- Normal.

Vasile este un puşcăriaş, proaspăt eliberat de la mititica. A stat închis pentru tâlhărie. Eu îl ştiu oarecum pentru că i-am întocmit avizul epidemiologic necesar pentru încarcerare. Curios, cum sunt, mă urc în maşină. Îl rog pe poliţist să dea drumul la alarmă. Îmi place cum sună sirena de la salvare şi de la gabori.

Ajung la faţa locului. Dragii mei, s-a adunat lume ca la circ. Vasile era în pom cu o funie la gât şi în negocieri cu psihologul. Lista lui de revendicări: să-i dea primarul casă, să îi dea ajutor social şi lemne pentru la iarnă. Nu vă spun, toată lumea, de la inspector la medic, asistente, psiholog, băieţii de la SMURD, stătea şi îl asculta pe pârnaie ăsta.

- Ce să-i mai spun? mă întreabă psiholoaga.

- Pe mine mă întrebi? De ce nu îmi daţi mie mână liberă? fac eu cu un zâmbet pervers, adresându-mă inspectorului de la Siret.

Ăsta se uită la mine, face un gest a lehamite şi îmi acordă permisiunea.

- Vasile, să ştii că mă urc în pom – zic eu. Vin la tine.

- Dacă vii sar. Să mor io.

- Mă doare-n pix. Eu urc.

Îmi dau jos halatul şi rămân în tricou. Nu m-am mai urcat în pomi de când eram mic, dar asta e o chestie ce nu se uită. Ajung lângă Vasile.

- Băh, bulangiule – fac eu cu voce joasă – ştiu că ai vrut sa lăcheşti garda cu iureşul ăsta. Asta e mentalitate de pârnaie. Hai în pielea mea jos, că am meci de tenis azi şi nu am timp să stau cu tine aicea.

- Să-mi bag p..., doctore că mă arunc.

- Mi se fâlfâie. Crede-mă.

Mai stăm un timp și ne luăm la înjurături. Scot o țigară, o aprind și i-o pasez. Ăsta trage trei fumuri și îmi spune:

- I-am făcut de rahat, nu? I-am pus pe drumuri pe gabori. Ce ne mai distram noi la pârnaie când luau ăștia foc. Hai că mă dau jos. Mă duc la Siret, mai stau în spital un pic. Acolo e mâncare, mai primesc țigări de la vizitatori, fain.

Mă dau jos din pom cu el și garda dă să-l urce în dubă.

- Are nevoie de consult psihiatric. Vă rog transferați-l în salvare – fac eu sever.

Ăștia rămân mască. Psiholoaga se uită la mine ca la Dumnezeu. Vasile îmi face cu ochiul.

- Băh, Vasile, am o întrebare. Cine a sunat la 112?

- Eu. Din pom.

- Și în cat timp au venit?

- În 10 minute, doctore.

Nu mă mai pot abține și încep să rag:

- Păi bine, băh, să vă fut în gură. Eu când am o naștere sau un copil cu convulsii veniți în 40 de minute. Când unul ca ăsta sună, desfășurați forțe ca la război. Vă bag în pizda mamii voastre.

Plec nervos spre cabinet. Pe jos.

Mai multe drepturi ai în țara asta ca infractor sau sinucigaș decât ca adevărată urgență. Morții mă-sii de Românie.

Zbor deasupra unui cuib de cuci

Nu știu cum e la oraș. La sat sunt patru stâlpi ai societății. Primarul, doctorul, învățătorul și popa. Nu neapărat în ordinea asta. Aaa! Uitam. Și omul legii. Comportamentul lor este analizat în fiecare zi de către babele din sat. Și multe concluzii mai trag ele.

Într-o zi vine la mine un bolnav psihic. Simpatic de felul lui, în condițiile în care își ia tratamentul.

- Bună ziua, domn' doctor. Ce mai faceți? Ați văzut meciul aseară?

- Ce meci, măi Mihai?

- Ce? Nu știți? Meciul cu Steaua.

Eu nu prea le am cu fotbalul, dar nu am vrut să-i stric plăcerea dialogului. Intru în joc.

- Da, băh! Ce a mai jucat Steaua!

Nici măcar nu știam cât a fost scorul, dar nu mai conta. Ăsta se întinde în niște explicații complexe despre jucători. Ca să-l fac să tacă, îi spun:

- Băh, Mihai, dar tu știi că Gigi Becali e la Siret în vamă? Nu știu unde are de mers.

Se oprește din vorbit, se uită fix la mine și spune:

- Îmi dați o țigară, domn' doctor?

Îl servesc. Pleacă grăbit.

A doua zi vine mama lui la mine.

- Domn' doctor, nu știți unde e Mihai?

- Mătușă, dar de unde să știu eu?

- Păi, a plecat ieri la dispensar, la dumneavoastă, și nu s-a mai întors.

Paștele mă-sii. Mă prind. Dintr-o glumă am destabilizat nebunul. Sun la Poliție.

- Să trăiți! Rag eu în receptor.

- Ce-i domn' doctor?

- Puteți da un telefon la Siret? Mihai cred că bântuie prin vamă în așteptarea lui Becali.

- Dar cine dracu' i-a spus asta?

Nu mai spun nimic. Închid telefonul și sun la Psihiatrie, unde e cunoscut. Aflu cu stupoare că este internat pentru că a decompensat. Nu prea își explică doctorița care e cauza.

Închid telefonul și promit că voi fi mai atent la ceea ce le spun pacienților.

Peste câteva zile Mihai vine la mine. Ca o legumă. L-au sedat în ultimul hal.

- Ce-i cu tine, băh? Ce dracu' ai căutat la Siret?

- Nu a vrut Becali să stea de vorba cu mine – spune el plângând.

- Lasă, băh. Nu mai fi supărat.

Îi mai dau o țigară și îl expediez.

În două ore aud sirenele de la ambulanță. Ce morții mă-sii se întâmplă? Băieții de pe salvare opresc la mine.

- Domn' doctor, avem un apel de la cineva. Un bolnav psihic amenință pe toată lumea cu un topor. Veniți cu noi?

Sun polițistul, ne urcăm în ambulanță și plecăm. Mihai era baricadat în curte, cu o furcă în mâini.

- Dacă intră cineva îl omor.

Am stat de vorbă cu el. Fără nici un rezultat. Sprijinit de salvare era un băiat de vreo 130 de kile. Fuma liniștit. Era Mircea, infirmierul de la Psihiatrie.

- Domnilor, lăsați-mă pe mine să îl aduc.

Intră în curte, merge la el, îi șoptește ceva. Îi trage un pumn în cap de se scurge Mihai pe jos. Eu asist, polițistul îi pune cătușele. Îl cărăm până la mașină. Își revine.

- Mihai, treci pe targă – spune Mircea.

- Da, domnu' doctor.

- Și te ții strâns de ea. Nu cobori de acolo. Vă rog, scoateți-i cătușele!

Tipul știa ce face. Eu însă nu pot lăsa lucrurile așa. Plec împreună cu ei la spital.

Când ajungem acolo, îi spun lui Mihai:

- Gata, băh, dă-te jos.

Ăsta nimic.

- Băh, tu auzi?

- Până nu spune domnul Mircea, nu mă ridic de aici.

Ce frumos funcționează mintea umană.

Binefăcător, Vindecător sau Preot?

Nu știu ce părere aveți voi, dragi cititori, dar pe mine mă impresionează cel mai mult suferința copiilor. Poate sunt eu un idealist, poate am fost crescut fără a duce lipsă de nimic și de asta cred că fiecare copil merită tot ce e mai bun pe lume. Poate mă implic prea mult în munca mea, poate sunt mai emotiv și mai sensibil decât vreau să recunosc, dar m-am izbit de multe situații în care am fost un adevărat binefăcător pentru copii.

Trecând peste faptul că de la mine toți copiii ies cu câte ceva, după consultație. O bomboană, o ciocolată, o portocală, o jucărie. Vreau să vă descriu o anumită situație care m-a marcat foarte mult. S-a întâmplat chiar astăzi. Am pe listele mele o familie dezorganizată, din păcate nu singura, din care fac parte trei copii, cel mai mic având doi ani. Mama este alcoolică fără scăpare. Atunci când o apucă, pleacă de acasă cu zilele. Tatăl nu e nici el mai prejos, dar este genul care bea în tăcere. Mut de beat, dar totuși oarecum grijuliu.

După numeroasele escapade ale părții feminine, ăsta hotărăște că dă divorț. Până aici, totul bine și frumos. Renunț să vă mai spun de câte ori am consultat copiii, în special pe cei doi mari, care resimțeau toate astea la nivel organic, având crize de ulcer, momente de depresie cu fenomene cenestopate, refuz de alimentație, semiabandon școlar. M-am implicat, am făcut compromisuri, am dat telefoane peste tot, am colaborat extraordinar cu colegii specialişti şi am reuşit să păstrez un echilibru.

După divorţ, cel mic a fost încredinţat unor rude. Tatăl şi-a găsit o mândră vai de capul ei, cu care trăieşte şi acum o aşa numită dragoste în miesme de alcool şi de grajd. Nu e treaba mea, nu judec. Fiecare alege să îşi facă plăceri, ori dintr-un borcan cu miere ori dintr-unul cu muştar. Cert e faptul că mezinul familiei a fost adus la mine la o consultaţie şi am văzut că era îngrijit binişor. Am recomandat câteva analize, pe care, în sistemul ăsta de rahat nu a reuşit să le facă gratuit din lipsă de fonduri. Am reuşit să aranjez cu un laborator să preia totuşi pe bilet de trimitere un set de analize, dar câteva nu sunt decontate de casa de asigurări pentru că aşa e protocolul. În fine, recoltez sânge la copil şi anunţ tatăl că are de plătit 30 de lei, restul fiind gratuit. Ăsta începe să ragă la mine că pe el nu-l interesează, că cel mic are dreptul la gratuităţi. Închid telefonul, mă duc la el acasă şi îl găsesc ţapăn.

- Unde e zdreanţa aia care îşi spune mamă, băh, alcoolistule? îl abordez eu agresiv.

Ăsta are 50 de kile, nu ştie cum îl cheamă cu buletinul în mână, dar are tupeu de capitală.

- Dar ce treabă ai cu ea?

- Să-i zic să iasă la produs că are de plătit analizele copilului. Tu ce fel de tată eşti, băh, distrusule? Ai bani să te îmbeţi, dar pentru copilul tău nu dai nimic? Stai şi dormi în mizeria asta de viaţă pe care o duci, dar roagă-te să nu ţi se facă rău, că te las să crăpi în şanţ.

Turbat de nervi, plec spre cabinet. Pe drum sun laboratorul.

- Lucraţi analizele copilului, le plătesc eu.

Nu sunt un tip bogat, chiar uneori am mari dificultăţi financiare, dar până nu fac bine copilul ăsta nu mă las.

Am un pacient la care ţin foarte mult. Este primul pe care l-am consultat când am început cariera la *Dispensarul SF.* Are 76 de ani, este un bunic foarte blajin, modest şi plin de respect faţă de mine. Din păcate, în urmă cu două luni l-am diagnosticat cu cancer. Am fost foarte trist în ziua aia, dar nu l-am lăsat să vadă asta. Pacienţii nu sunt proşti, nu sunt aşa naivi cum îi credem noi, halatele albe, care uneori scăpăm din vedere tocmai ceea ce ne-a făcut să fim medici: dragostea de oameni. Şi-a dat seama că îi ascund ceva şi m-a invitat la el.

Intru în casa bătrânească, în bucătăria în care doarme. Pe plită fierbeau câteva oale, în cuptor se făcea pâine, în vitrină erau trei cutii cu medicamente pe care i le prescriam lunar şi pe care le lua cu sfinţenie. Moşucul are părul alb, ochi albaştri, în care eu citesc povestea unei vieţi, în diferite vremuri, resemnarea unui om pentru care cea mai bucurie a fost şi este munca pământului.

Are un ton părintesc, molatic, tandru când îmi spune:
- Te rog, ia loc, copile.

Eu am îndată 40 de ani, dar îl ascult.
- Ştiu eu ce am, nu mă poţi scăpa de data asta, aşa că te rog, ascultă-mă. Noi doi ne-am plăcut de la început. Am crezut în tine, m-ai vindecat de multe şi îmi place că ştii să vorbeşti cu lumea. Ai harul ăsta, de a trata prin cuvinte. Lumea din sat vorbeşte despre asta. Nu eşti ca alţi doctori. Tu chiar eşti aproape de toţi şi se simte că suferi alături de cei care vin să caute sănătatea la tine.

- Bunicule, încerc și eu să alin suferințele așa cum mă pricep.

- Eu sunt bătrân. Am văzut multe. Un singur medic am mai cunoscut așa ca tine. Unul de pe front. Dar nu de asta te-am chemat. Dumnezeu mi-a dat bune și rele. Am o familie frumoasă, am copii care sunt oameni însemnați, am nepoți, am nevastă care nu mi-a ieșit din cuvânt niciodată. Acum sunt bolnav și trebuie să mor. Așa vrea Dumnezeu. Cu ce am păcătuit, nu știu, de mi s-a dat boala asta. Te rog să nu mă forțezi să fac proceduri inutile. Te cunosc și știu cum tragi de fiecare până în ultima clipă. Pe mine, te rog să mă lași să plec de pe lumea asta, așa cum vrea Dumnezeu.

E prea mult pentru mine. Am un nod în gât, pulsul ca un atlet în finala cursei de 100 de metri, suprarenalele în turație maximă, adrenalină pură în vene, dar nu mă las.

- Dragul meu bunic, dar de ce nu te gândești că poate Dumnezeu ți-a dăruit multe și acum, la bătrânețe, îți testează credința? Poate ți-a dat povara asta să vadă dacă lupți pentru viața pe care tot El ți-a dăruit-o? Nu-L dezamăgi. Așa lucrează El: prin oameni. Poate eu am venit la tine pentru a te face să înțelegi asta.

Nu mai spune nimic. Câteva lacrimi îi acoperă ochii de culoarea cerului spre care se va ridica în maxim trei luni.

- Tu chiar așa crezi?

- Crezi că eu am darul de a vindeca oamenii prin cuvinte? Lasă-mă să fac ceea ce știu. Nu pot privi cum mori, pur și simplu.

- Nu trebuia să te faci doctor, ci preot.

Nu mai spun nimic. Plec de la el cu o mare emoție și cu o mare frustrare.

Doamne, dă-mi măcar pentru o zi puterea de a vindeca pe toți cei care vin la mine...

Copilul, mortul şi Vindecătorul

E o dimineaţă ca oricare alta. Mă trezesc tot la şase, mă apuc de citit, beau aceeaşi cafea şi fumez aceleaşi ţigări. Sunt încă sub influenţa unor imagini ce mi s-au arătat într-un vis ce m-a purtat pe aripile lui până dimineaţă.

Vecinul de lângă mine pleacă devreme. Aud cum tuşeşte şi încuie uşa. Coboară zgomotos scările. E timpul să mă pregătesc şi eu.

Acelaşi drum, tocit de roţile maşinii, mă duce la cabinet. Am norocul de a fi singur. Nici o asistentă venită, nici un pacient care se aşteaptă ca eu să-i rezolv toate problemele. Îmi fac un ceai, aprind o ţigară şi dau drumul la calculator.

Câteva bătăi în uşă mă scot din reverie. Mă uit curios spre persoana care a intrat.

- Bună dimineaţa, dom' doctor.

- Bună dimineaţa, fac eu plictisit. Ce s-a întâmplat?

- Vă rog să veniţi cu mine până la vecina. Copilul e bolnav, ea nu a fost acasă ieri toată ziua, nu ştiu în ce stare e.

Asta se numeşte solidaritate umană la sat. În oraş nu ştiu dacă se fac asemenea gesturi. Iau femeia cu mine şi plecăm într-o călătorie ce mă înfioară şi acum.

Recunosc drumul. Ştiu unde mă duc. Este un copil născut cu hidrocefalie, are aproape un an, a fost operat pe creier de multiple ori iar mă-sa este o tută de 23 de ani. Nici măcar măritată. Genul care pleacă la futut de câte ori are ocazia, fără să stea prea mult pe gânduri. Am avut multe contre cu ea. Am sfătuit-o de mii de ori să meargă la spital, să se ocupe de ăsta mic, pentru ca a trecut vremea când doctorul, conform indicațiilor comuniste, era obligat să facă de toate. Inclusiv să legene copilul dacă situația o cerea.

Ajungem acolo. Intru în curte. Spre norocul meu, nu e nici o javră care să mă ia la rost. La ce nervi rumegam, cred că o făceam poster dacă îmi ieșea în cale. Bat la ușă. Rag vreo cinci minute și într-un final se deschide. Iese mama copilului, buhăită de somn, cu ochii umflați, cu părul în toate direcțiile.

- Neața. Unde e copilul? Am auzit că e bolnav.

- Face febră 38 de câteva zile.

- Lasă că văd eu.

Intru în casă. Un hol întunecos. Miros de menajerie. Frig de-ți pătrunde în oase. Mă uit în dreapta și era să cad. Pe o masă, în mijlocul camerei, un moș vânăt la față.

- Ce dracu' e cu ăsta? Întreb.

- Aaaa.. A murit tata la spital și l-am adus ieri acasă. Mâine îl înmormântăm - îmi spuse ea senină.

Beton. Habar nu aveam de asta. Mă rog, trec mai departe. Intrăm în camera unde stă copilașul. O căldură ca în saună. Un miros de alcool, transpirație și încă ceva nedefinit testează tăria mea de a controla reflexul de vomă.

Pe un pat dormea unul îmbrăcat, cu o căciulă în cap, cu niște lațe ce ieșeau de sub ea și cu o barbă deasă. Ținea în brațe o tastatură. Avea ciorapi negri, găuriți, iar trei degete gri mă salutau.

Pe un alt pat dormea unul în blugi și într-o cămașă verde, tras la față și slab ca un rezident al camerelor de gazare. Nici măcar glasul meu sonor nu tulbură somnul acestor indivizi minunați.

- Unde e copilul?

- Pe cuptor.

- Mă, fată, dacă tu ai avea febră și eu te-aș ține la 50 de grade, nu prea te-ai simți bine, nu? Ai avea ceva probleme cu sănătatea, nu?

Consult copilul. Îl dezbrac și văd că e nespălat, plin de tot felul de eczeme. Iau decizia supremă:

- Îmbracă-l! Te urci în mașină la mine și plecăm la spital. Dacă scoți vreun cuvânt până ajungem acolo, jur că îți tai tendoanele, zdreanță – spun eu cu o privire fixă și cu un ton pe care doar Dracula îl mai folosea.

Asta nu spune nimic. Se uită la mine, trage niște blugi pe ea și mă urmează.

Vă doriți să fiți în locul meu? Vă doriți să practicați medicina în țara asta? Vă doriți să o faceți pe bunul samaritean?

Și cel mai important: vă doriți un medic de familie ca mine?

Dispensarul SF versus Spitalul Judeţean Suceava

De când am luat decizia tâmpită de a mă face medic (deh, eram în liceu şi trupa Slayer îmi urla mereu în creieri), mi-am dorit să lucrez în spital. Mă şi vedeam pe o secţie de chirurgie sau interne, vizitând bolnavii într-o atmosferă civilizată, în condiţii climaterice ca lumea, cu aparatura la îndemână. Sălile de operaţii au exercitat asupra mea o fascinaţie foarte puternică la acea vârstă.

În facultate am făcut multe gărzi la Spitalul de Urgenţe, într-o clinică de chirurgie plastică. Mi-a plăcut foarte mult acolo, motiv pentru care am luat şi lucrarea de diplomă pe domeniul ăsta. Aveam multe visuri... Cum voi opera eu. Cum voi scoate bolnavii din ghearele morţii. Cum voi recupera pacienţii după tot felul de boli sau accidente. Mă rog, pasiuni de student naiv.

Viaţa asta nu e chiar aşa cum o programezi, motiv pentru care acum am marele privilegiu de a lucra la dispensar, ca medic de familie. Pot spune că nu mi-a dispărut plăcerea de a consulta, de a ajuta bolnavii. Sunt genul de doctor care nu poate sta la cafele, ştiind că pacienţii aşteaptă pe sală. Trag de mine şi de personal să rezolvam tot, în timp util. Fără să ţinem bolnavii prea mult pe hol. Asta e o chestie de educaţie. Ţine de structura mea interioară.

Am avut ghinionul de a avea pe cineva din familie internat zilele astea la Spitalul Judeţean Suceava. Pe o anumită secţie. Am fost în vizită frecvent şi mi-am pus mâinile în cap când am văzut indiferența, lipsa de compasiune și, uneori, de pregătire a personalului medical. Nu se poate să nu monitorizezi un pacient, să nu treci să iei o tensiune, să pregătești cumva fizic și psihic bolnavul pentru o intervenție. Chiar minoră. Mi-au povestit pacienții ce debandadă e acolo, dar am crezut că exagerează. Acum m-am convins: e bătaie de joc. Nu neapărat sistemul e vinovat, ci uneori chiar halatele albe. Din păcate!

Stați să vedeți:

Un pacient, după șapte zile de stat în salon, fără să fie băgat în seamă, întreabă:

- Domn' doctor, când mă operați?

- Când vin rudele, tataie.

Clar, nu? Sfatul meu: dacă aveți vreodată probleme cu sănătatea, veniți la *Dispensarul SF* pentru că, în ciuda lipsei de dotare, măcar veți găsi ceea ce lipsește spitalului. Compasiune și implicare din partea Vindecătorului.

Ia-ți patul tău și umblă!

Mă cunoașteți, nu? Mereu mă adaptez cerințelor cititorilor. Am observat din partea voastră un extraordinar apetit pentru ceea ce scriu.

Având în vedere aspectul ăsta, voi încerca să zugrăvesc cum se practică medicina la săteni. În România mileniului trei.

Am marele privilegiu de a lucra la douăzeci de kilometri depărtare de oraș. De aici pleacă tot felul de complicații. Accesul la un spital nu se poate face în timp scurt, Vindecătorul (alias eu), fiind nevoit să se solicite la maxim în fața unei urgențe.

Mă cheamă într-o zi un pacient la o consultație la domiciliu. Victima era o băbuță de vreo nouăzeci de ani, urcată pe cuptor, inconștientă. Familia a chemat medicul ca să scape de gura satului. A fost doctorul, a decis că nu are ce face. Baba poate să moară în liniște.

Eu, ca medic, nu mă las influențat de nimeni și nimic în deciziile mele, așa că mă mănâncă-n anumite zone și spun:

- O internez pe bunica asta. Chem salvarea.

- Lăsați, domnu' doctor. Moare acolo și nu avem bani să o scoatem de la morgă.

- Gura. Faceți cum vă spun eu.

Ajung înapoi la dispensar, îmi aprind o țigară și aștept salvarea. Printr-un miracol a venit destul de repejor. Le indic unde stă baba și îmi reiau consultațiile.

După zece minute, aud pe hol un zgomot de voci. Ies din cabinet și ce văd? Dragii mei, boii ăstia de pe ambulanță mi-au adus baba pe targă și mi-au pus-o pe hol.

- Băh, ce e cu baba asta aici?

- E moartă, domn' doctor. Nu o putem căra la spital – îmi spune o tută de asistentă.

- Cum e moartă? E în comă. Voi sunteți de pe altă planetă? Fac eu enervat.

O las pe asta să se uite ca broasca la diesel și mă aplec spre viitoarea răposată. Pacienții de pe hol își țineau răsuflarea. Eu, ca vindecător, trebuia să fac ceva. Mă uit în aparatul de urgențe și spun:

- Toate fiolele sunt expirate. Nu am ce să-i fac. Doar nu o omor cu mâna mea.

- Lăsați domnu' doctor, că moare oricum.

- La mine nu moare nimeni – rag eu ca un leu african.

Și în momentul ăla îmi vine o idee genială, dragii mei. Pun mâna pe abdomenul babei, execut două apăsări de ochii lumii și îi trântesc o cană de apă în plină figură.

Stupoare. Baba se ridică în șezut, udă toată, dezorientată.

- Unde sunt?

- La dispensar, bunică. Voiai să mori cât sunt eu de serviciu!? Matale știi câte hârtii am eu de completat după aia?

- Vai, domnu' doctor, mă scuzați.

Toată lumea a rămas mască. Eu savurez momentul, apoi îi spun babei:

- Hai, ia-ți patul tău și umblă!!!

Aveți curaj să veniți la mine la o consultație?

Ninja epileptic sau *Bruce Lee*-ul comunal

Înainte de a vă mai da anumite detalii despre munca mea, într-un sistem ce se bazează din ce în ce mai mult pe voluntariatul și pasiunea unor oameni ca mine, vreau să vă las pe voi să judecați greutățile pe care sunt nevoit să le depășesc zi de zi în practica medicală la săteni, departe de spital, de dotări, de specialiști.

Am sosit la *Dispensarul SF* după un week-end plin de literatură, filme, beri, tenis. Eram odihnit, plin de energie, în maximă formă fizică și psihică, chiar dacă mai aveam câteva zile până la concediu. Pe sală mă așteptau tot felul de pacienți. Cu tot felul de probleme. Stilul meu de muncă este alert, atent. Nu am stat la cafele, ci m-am apucat de consultații.

Ușa s-a deschis. A intrat o bătrână.

- Veniți repede că a căzut cineva aici!

Un băiat de vreo douăzeci și șapte de ani, solid, întins pe jos. Galben la față, inconștient, convulsionând. Din fericire îl știam ca fiind bolnav de epilepsie. Mă aplec, îl pun în poziția de siguranță și încep să urlu.

- Aduceți-mi imediat depărtătorul, o cană mare de apă rece și fiolaj: diazepam și fenobarbital. Sunați la ambulanță. Și-a luat medicația astăzi?

- Nu, domnu' doctor. A ieșit vineri din spital. Aseară a fumat și a băut – îmi spune mama lui.

- Mergi afară și cheamă doi băieți de la ajutor social că

nu-l pot muta singur.

Între timp, execut manevrele: depărtez arcadele dentare, prind limba, o fixez cu un dispozitiv special, fac fiolele și îi trântesc o cană mare de apă în față.

Într-un final deschide ochii și mă privește dezorientat. Îl iau, împreună cu ajutoarele, de cap și de picioare și-l așez pe canapeaua din sala de tratamente.

- Te rog să stai cuminte. Îndată își fac efectul medicamentele și vei fi bine. Mergem din nou la spital că nu te pot lăsa așa. Ăsta dă din cap și închide ochii. Îl las liniștit. Mă duc în birou. Îmi torn o cola și îmi aprind o țigară.

După zece minute aud zgomote. Intru în sala de tratamente și-l văd pe pacient în picioare.

- Unde mergi, băh?

- Eu nu mai stau aici, mă duc să fumez. Ce dracu' credeți voi că faceți cu mine? Eu sunt tare ca ursul, fac karate – îmi spune el.

- Atunci, băi Bruce Lee, eu nu te pot împiedica. Fă ce vrei, dar îți promit că te întorci îndată.

- Nu cred.

Și pleacă turbatul ăsta din cabinet. Ies după el. În fața dispensarului își aprinde o țigară și începe să o ia la fugă. Imaginea era minunată, parcă era o locomotivă în mers.

Intru în cabinet. Mă așez la birou și aștept. În zece minute îmi este adus înapoi. Pe brațe, de aceeași doi băieți de la ajutor social.

- A ajuns până la primărie, domn' doctor. Acolo a căzut.

- Puneți-l pe pat – spun eu.

Îi execut o cană de apă în față. Ăsta deschide ochii și mă privește buimac.

În cinci minute și-a mai revenit. Mă duc lângă el și-l întreb:

- Ninja, vrei o țigară?
- Nu nu. Mi-a ajuns. Stau liniștit.

Și chiar așa a stat până la sosirea ambulanței.

Încă un caz complex rezolvat de medicul de la dispensarul medical comunal (adică DMC). Vorba cântecului: sunt medic la demeceu și-am o viață de veceu.

Regrete

Cu toată euforia pe care o simt astăzi, deoarece diseară e cenaclu, sunt bântuit de o ușoară tristețe. Din cauză că unul din pacienții de care mă ocupam a murit ieri.

Cabinetul meu nu este în oraș. Sunt solicitat la domiciliu pentru consultații prin Suceava. Am și pe aici mulți pacienți de care am grijă. Știu că nu este deontologic ceea ce scriu eu acum, dar, respectându-vă pe voi, cititorii, nu-mi permit să mint sau să fiu prefăcut.

Situația stă așa: colegii mei, medicii de familie din oraș, nu prea fac domicilii. Îi înțeleg oarecum pentru că împărtășim aceeași oboseală. Aceeași suprasolicitare. Aceleași frustrări. Eu mă deplasez la orice pacient, nu contează dacă este înscris la mine sau nu.

Având în vedere disponibilitatea asta, acum două săptămâni, am fost solicitat să consult o bătrânică simpatică. Cazul era complex. Vârstă înaintată. Datorită eforturilor conjugate ale echipei care a tratat-o (eu, un coleg specialist în gastroenterologie, un specialist în medicină de urgență, o asistentă competentă, un kinetoterapeut) a evoluat bine. Am reușit să o ridicăm din pat. Eram toți plini de speranță.

Această stare de bine a ținut câteva zile. Apoi bătrânica a decompensat. Starea ei s-a deteriorat și am fost nevoiți să o internăm. A fost operată de urgență. Nu vreau să mă lansez în explicații complicate despre afecțiunile ei. Vă spun doar atât: după operație a intrat în comă. După două zile a decedat.

Îmi pare foarte rău. De obicei nu mă implic emoțional. Dar mi-a plăcut foarte mult bătrânica. Mă voi duce la înmormântare. Nu știu însă cum voi putea da ochii cu nepoțica ei, o fetiță foarte cuminte.

Cum să-i spun: îmi pare rău că nu am putut să o salvez pe bunica ta?

La naiba! Ce n-aș da să pot vindeca toți bolnavii!

Drepturile și obligațiile pacienților pretențioși

Sunt un tip modest de felul meu. Nu îmi place să mă pun pe un loc ce nu-mi aparține.

Una din intențiile mele este să vă arăt sistemul din interior. Cu toate defectele sale, cu toată lipsa de interes, cu toată frustrarea și uzura celor care lucrează în el.

Pe de altă parte, nu doresc să fac în mod obligatoriu apologia pacienților deoarece și ei au bubele lor. Unii au impresia că beneficiază numai de drepturi, obligații nu. Nici măcar bunul simț de a face o baie înainte de a veni la consultație. Eu nu sunt obligat să pun mâna pe cineva care vine direct din grajd, fără să fie urgență, cu mofturi și pretenții de zici că e cel mai important om de pe planetă.

Sunt și din cei care vor să păcălească statul, sistemul, având nesimțirea de a face un dosar de pensie pentru orice. Cu cât sunt mai săraci și mai reduși cu atât sunt mai plini de drepturi. De acord, sărăcia abrutizează, dar nu e nimeni vinovat că nu ai muncit o viață întreagă și te pomenești la cincizeci de ani că vrei pensie. Alții se trezeau la ora șase și plecau la muncă, iar tu dormeai ca bivolul sau veneai de la crâșmă.

Mai demult, am avut un caz. Un tip, la vreo patruzeci de ani, care a făcut o paralizie la un picior și tot nu-i dădeau neurologii de capăt până ce eu am avut inspirația de a-l testa pentru sifilis. Dragii mei, la vârsta aia făcuse sifilis nervos (lues terțiar). A plătit asigurarea de sănătate și după ce s-a mai pus pe picioare a venit la mine să-i dau recomandare pentru dosar de handicap, că el e bolnav. Adică, mergi la futut ca îndrăgostitul, fără protecție, stai ani de zile așa și apoi statul să plătească pentru tâmpeniile tale, nu? De unde? Din banii mei și ai voștri...

Vi se pare corect?

Vindecătorul, moașă comunală

Am primit, prin bunăvoința unui coleg de la spital, un costum de chirurg. Pantaloni, halat cu mâneca scurtă, șlapi de piele, așa cum se poartă în sălile de operații. Toate astea erau roșii, culoarea mea preferată. Îmi stă foarte bine în roșu. În această percutantă tentă mă prezint și pe terenul de tenis.

Am ajuns la cabinet și m-am costumat. Aveam o stare de spirit extraordinară. Abia așteptam primii pacienți. Curios cum haina schimbă omul. Nu spun că îl face pe om, dar îi conferă o anumită prestanță.

Consult jumătate de oră plin de optimism, când ușa cabinetului se deschide brusc și intră un domn panicat.

- Ce s-a întâmplat, măi Costele?
- Veniți repede, domn' doctor, că naște Maria.
- Cum să nască, băh? La ecografie a ieșit că abia în trei săptămâni e termenul.
- Nu știu, domn' doctor. De aseară are dureri.
- I s-a rupt apa?
- Ce e aia?
- S-a pișat pe ea, băh?
- Nu știu. Veniți repede!

Las totul. Iau cu mine geanta de urgențe și ne urcăm în Volvo. Conduc prudent pentru că drumul are multe gropi, în care primăria a turnat pietriș.

Există riscul de a îmbrățișa ceva pomi de pe margine. Durează cam zece minute. Ajungem la casa omului.

Sărăcia e cuvântul de ordine. Tipul ăsta are patru copii, cel mai mic de doi ani. Nu muncește nicăieri constant, trăiește din alocații și din ceea ce îi mai dau vecinii milostivi. Chiar eu i-am dat ceva haine pentru ăstia mici și de două ori pe an, de sărbători, le fac câte o bucurie, umplându-le masa de Paște și Crăciun.

Mă rog, deviez din nou. Intrăm în curte. Patru babe stafidite mă întâmpină, făcându-și cruce.

- Unde e Maria, mătușilor?

- E în grajd, domn' doctor.

- Dar ce dracu' face acolo?

- Nu știm, a încercat să meargă la WC și nu a mai ajuns.

- Bun, mă duc să văd ce e cu ea. Aduceți niște cearșafuri, albe, curate, o sticlă de spirt și ceva pleduțuri pentru ăsta mic. Naște cu mine.

Lumea se conformează. Intru în grajd. Femeia e întinsă pe jos, cu fusta suflecată, apăsându-se pe burtă. Îmi pun mănușile pe mâini și o examinez. Copilul era deja pregătit. Căpușorul era trecut de segmentul inferior. Rag la Costel.

- Băh, sună și tu la salvare și spune că am o naștere în grajd. Dă telefonul pe difuzor să aud și eu ce spun ăia.

Ăsta se conformează. Răspuns de la 112:

- Nu avem mașina în stație. E plecată la Rădăuți la dializă. Dar ce are, domnul doctor, dacă asistați o naștere?

- Sunt în grajd, draga mea. O fac pe moașa. Când vin de la dializă să îi trimiți de urgență încoace. Da?

Închid telefonul şi duc la capăt naşterea. La o ultimă contracţie, fiind între picioarele parturientei, sunt împroşcat cu sânge şi rahat în plină figură. Stăpânirea mea de sine, a făcut să nu scap copilul. Morţii mă-sii! Pe costumul meu nou...

Iau două feşe, le răsucesc, le bag în spirt şi leg strâns cordonul ombilical.

Îl secţionez. Pun un cearşaf pe jos şi aşez copilul acolo. Îl şterg, îl aspir şi îi trag o palmă la fund. Ăsta urlă. Se colorează frumos în roz. Îi execut o vitamina K, îl pun în braţele unei babe, căreia îi dau ordin să o şteargă în casă la cald şi mă apuc de mamă. Stau cu mâna pe burta ei douăzeci de minute şi într-un final delivrează placenta.

Îi prind o venă, bag o glucoză şi o las în grija babelor. Intru în casă, să verific nou născutul. Era deja înfăşat, stropit cu apă sfinţită şi dormea adânc.

Sunt în ultimul hal de murdar. Costumul meu roşu e plin de tot felul de secreţii. Am bucuria de a fi adus pe lume un copil, într-un grajd. A născut o femeie numită Maria, nu la fel de celebră ca altă Marie, dar la fel de frumoasă în calităţile ei de mamă.

Şi când te gândeşti că mă luam la mişto, spunând gravidelor: cea mai sigură şi ieftină metodă de a te sinucide este să naşti cu mine....

Primul ajutor

Facultatea de medicină pune foarte mare accent pe tehnica primului ajutor în situații de urgență. Se respectă principiul suprem: mai întâi de toate, să nu faci rău.

M-am confruntat cu cazuri în care a trebuit să iau anumite decizii dificile, de ele depinzând viața bolnavului. Până acum nu am dat rateuri. Din fericire.

Eram într-o zi în Iași. Mergeam pe drumul *Copoului*, spre *Spitalul de Urgențe*, unde aveam ceva treabă. Umblam alene, savurând aerul plăcut al orașului. În Suceava nu mă dau jos din mașină, dar în Iași ador să fac plimbări.

Lângă stradă, ca în orice oraș, erau niște stâlpi înalți, pe care se sprijineau liniile electrice, cablurile telefonice și alte câteva zeci de sârme. Aud un zgomot de frâne. Simt un miros de cauciuc ars. Ce dracu' se întâmplă?

În fața mea, la vreo cincizeci de metri, era un domn, cu o mână pe un stâlp. Tremura. Un șofer s-a dat jos cu un par și i-a croit una peste mână. Ăla cade jos urlând de durere. Execut un sprint pentru care *Carl Lewis* m-ar invidia. Ajung la locul faptei.

- Băh, ce naiba aveți? – rag eu.

- Păi, se electrocuta omul – îmi zice șoferul.

- Nu aveam nici pe dracu' – spune ăla de jos.

- Credeam că te curentai.

Oameni și oameni. Ridic victima și o duc cu mine la spital. Diagnostic: fractură de radius. Minunat e spiritul de ajutor.

Într-o zi eram la cabinet. Intră un bunic plângând.

- Ce e moșucule? De ce plângi?

- Vă rog să veniți. Pe băiatul meu l-a înțepenit spatele.

- Dar de când asta?

- De azi dimineață, de la șase jumate.

Merg rapid cu el până peste drum de dispensar. Băiatul era în WC-ul de afară, înconjurat de trei prieteni, care au pus o pătură pe el. Era vânăt la față și urla de durere la orice încercare de a fi mutat. I-am făcut un calmant, un corticoid. Încet, încet, l-am luat pe sus și l-am dus în casă.

Dacă-mi spunea cineva că voi acorda primul ajutor în WC nu-l credeam.

Vindecătorul și Falimentul Sistemului Sanitar din România

În cariera mea m-am întâlnit cu tot felul de cazuri, de situații, unele dintre acestea forțându-mă la maxim. Atât în gândire cât și în capacitatea de a-mi stăpâni emoțiile.

Din păcate, facultatea de medicină nu m-a pregătit pentru partea emotivă din munca mea. A trebuit să învăț pe parcurs, să mă adaptez, să mă pot plia după pacienți. Practic medicina primară, un fel de linie întâi, fiind într-un fel ghidul pacientului care bate la ușa sistemului medical. De aici pornesc toate complicațiile, pentru că sistemul funcționează prost, iar eu trebuie să le explic asta. La televizor nu se vorbește de aceste deficiențe iar ura pacienților cărora suntem forțați să le refuzăm unele pretenții se revarsă asupra noastră. Ei sunt informați numai despre drepturile lor. Nu despre obligații. Nu despre limitările sistemului.

Exemplu: acum s-a scornit că asiguratul are dreptul la un serviciu de boală cronică pe lună. Să presupunem că vine cineva la mine la consultație și eu sunt nevoit să-l trimit la analize. Dau bilet, că doar e asigurat. Să presupunem că pacientul găsește un laborator care îi face aceste analize gratis. Se întoarce la mine cu rezultatele și eu, conform noilor norme, nu pot să-l mai văd pe același diagnostic. Nici să-i dau compensat. Trebuie să-l programez luna viitoare. Kafka, nu?

Chiar și așa, trebuie să recunosc următorul fapt. La noi în țară există mai multe gratuități ca în alte state. De exemplu: vaccinarea este gratuită, mă refer la schema națională. Afară se plătește 50 de euro de vaccin.

Să vă mai spun ceva. Sistemul ăsta are la baza un principiu simplu. Toată lumea cotizează și toată lumea beneficiază. Hai să vedem cine cotizează. Salariații, cei care au o firmă, cei care realizează venit impozabil. Copiii nu plătesc. Pensionarii sub zece milioane, nu. Îmi veți argumenta că ăștia au cotizat o viață. Când anume? Că abia la câțiva ani după revoluție a apărut Casa de Asigurări de Sănătate. Deci au în spate maxim câțiva ani de cotizare, nu? Și care e vina lor?

Cine consumă cel mai mult? Populația îmbătrânită are nevoie de cele mai multe îngrijiri. Eu nu sunt răutăcios, dar gândiți-vă un pic: dacă plătești un leu în câțiva ani și consumi o sută într-unul singur cum naiba să nu fie sărăcie?

Eu nu fac apologia sistemului. Vă invit să meditați un pic.

Oricum, sunt multe cauze care duc la falimentul sistemului sanitar românesc. Trebuie să recunoașteți că doar datorită unor cadre medicale cu suflet mare și cu dragoste de oameni este prelungită agonia asta.

Ce porcărie! Voiam să vă vorbesc despre altceva și m-a luat valul.

Vindecătorul și oncologul

Sunt într-o dispută de ceva vreme cu un coleg de al meu. Medic oncolog. Este vorba de modul în care trebuie îngrijiți bolnavii care au ghinionul de a suferi de această boală incurabilă, cancerul.

Mă știți. Pun mult suflet în munca mea. Respectul pentru trupul și sufletul uman este stindardul după care mă ghidez. Vă rog să nu fiți șocați auzind următoarele. Am curajul să afirm că așa cum soldații din linia întâi sunt cei care percep la adevărata intensitate atrocitățile războiului, tot așa, noi cei ce lucrăm în medicina primară, avem capacitatea de a interacționa la un mod mult mai profund cu cei care ne bat la ușă, căutând alinare. V-am mai povestit despre felul în care au fost tratați pacienți de ai mei în spitale. Despre modul în care anumiți colegi, ce nu fac cinste halatului alb, le-au vorbit. Despre cum un medic este capabil să strivească prin cuvinte și comportament trăirile cele mai delicate ale bolnavilor și să le reteze orice speranță.

Nu vreau să fiu înțeles greșit. Nu sunt eu buricul pământului. Există specialiști de mii de ori mai pregătiți ca mine, dar sunt convins că nu sunt mulți doctori care au harul meu de a empatiza cu pacienții.

Cum este și normal, această atitudine mă împiedică să am o viață obișnuită. Să am sărbători liniștite. Să închid telefonul și să mă izolez. Ieri am făcut multe vizite la domiciliu și una dintre ele m-a marcat în mod deosebit. Îngrijesc un pacient cu cancer de pancreas, o formă foarte agresivă din păcate, cu multe complicații. L-am diagnosticat acum o lună cu ocazia unei ecografii pe acest bunic cu mult bun simț, cu o barbă albă lungă și cu o filozofie de viață modelată de credința în Dumnezeu.

A observat cum m-am schimbat la față atunci când am pus transductorul aparatului pe zona în care acuza dureri și mi-a spus:

- Vă rog să fiți sincer cu mine. E de rău. Nu-i așa?

Nu am putut să-l mint. Nu știu dacă am făcut bine sau dacă nu cumva am depășit limitele deontologiei medicale. I-am spus adevărul, moment în care el s-a ridicat de pe canapea, a căzut în genunchi, s-a întors cu fața spre icoana pe care o am pe un perete și a început să se roage. Nu am avut curaj să mă mișc pentru a nu profana un asemenea moment. Totul a durat zece minute, dar pentru mine a trecut o veșnicie. M-a întrebat simplu:

- Și acum?

- Acum vom face câteva analize, bunicule. Te voi trimite la un specialist și vom vedea.

- Nu merg nicăieri. Eu am avut un frate cu cancer și știu ce înseamnă oncologie. Știu ce înseamnă chimio-terapia. Știu că toate sunt degeaba.

- Măcar lasă-mă să-mi confirm diagnosticul. Aparatul ăsta al meu nu e așa performant. Poate mai e o șansă de operație.

- Cum spuneți. Dar e singura manevră pe care o mai fac. Apoi, cu ajutorul lui Dumnezeu și al dumneavoastră, voi încerca să mă liniștesc.

A plecat din cabinet. Am fumat câteva țigări și am anunțat restul pacienților că nu sunt disponibil un timp. Am sunat în draci pe la tot felul de colegi încercând să trag câteva sfori pentru a-l ajuta pe acest bunic. Spre marea mea bucurie am obținut răspunsuri încurajatoare.

A doua zi a venit din nou la mine cu rezultatele unor consultații și explorări ce mi-au confirmat faptul că boala era în stadiu avansat și inoperabilă.

Am respectat dorința lui de a nu fi internat, de a nu face chimioterapie și i-am administrat un preparat pe care îl voi ține secret momentan.

Dragilor, o lună de zile a luat omul ceea ce i-am recomandat eu și ieri mi-a prezentat analize perfecte. Tumora este acolo. E la fel de mare. Metastazele sunt peste tot, dar el se simte bine. Sunt convins că finalul e aproape, dar nu m-am putut abține să-l încurajez. Nu i-am dat speranțe, dar măcar m-am bucurat alături de el. Știți ce l-a întrebat oncologul?

- Mai trăiești moșule?
- Am câteva analize, domn' doctor.
- Ce naiba ai luat? Nu se poate așa ceva. Analizele astea sunt ale tale?
- Nu știu, mi-a dat medicul de la dispensar ceva.

Vă dați seama de situație? Un remarcabil coleg, specialist extraordinar, să sune la *Dispensarul SF* și să îl roage pe Vindecător să-i spună preparatul care a normalizat analizele unui asemenea caz, cum s-a exprimat el.

Cu el am acum o divergență de opinii. Cred că dacă ești diagnosticat cu anumite forme de cancer, nu are sens să te supui la tot felul de proceduri pentru că, oricum, mori mai devreme sau mai târziu. Sunt de părere că bolnavul poate fi îngrijit, chiar paleativ, la domiciliu și poate avea parte de ultime clipe de viață decente. Dacă este tratat cu sufletul nu cu substanțe chimice.

Colegul meu susține că orice bolnav trebuie să beneficieze de progresele științei, chiar dacă nu are nici o șansă de vindecare. Încearcă să îmi bage în cap ideea de a convinge bolnavii să urmeze toți pașii tratamentului chiar dacă asta le poate face ultimele clipe un infern.

Eu știu de ale mele, el știe de ale lui. Eu lucrez la *Dispensarul SF*, el la o clinică modernă de Oncologie la Cluj. Eu sufăr pentru orice deces, el face studii și cercetări. Eu nu mint pacienții, el e doar o oglindă, arătând pacientului doar atât cât acesta are nevoie să știe. Eu merg în vizită la pacienți chiar când aceștia sunt în sicriu, el asistă la necropsii. Eu câștig doi lei, el face concedii în Franța sau America. Eu sunt un vraci pentru el, unul chiar destul de modest pregătit, el e pentru mine doar o interfață de cunoștințe medicale, un manual.

Însă nici eu, nici el, nu putem vindeca toți bolnavii care vin la noi...

Mâinile și stetoscopul

Există o mulțime de pacienți care citesc pe net tot felul de prostii. Se dau apoi atotștiutori. Există o mulțime de pacienți care se uită la seriale gen *Dr House* sau *Spitalul de Urgențe* și cred că toți medicii se comportă ca ăia. Există, în schimb, o mulțime de pacienți care habar nu au despre medicamente, boli, proceduri, și își pun toată încrederea în halatul alb. Sunt sigur că există alte numeroase categorii, dar, în practica de zi cu zi, eu mă lovesc frecvent de cele descrise mai sus. Lucrând de unsprezece ani cu aceeași populație, ajungi să cunoști pacientul de la ușă. Să știi ce are doar privindu-l. Nu mă complac în atitudinea asta, dar uneori vreau să dau câte un exemplu.

Cel mai tare mă enervează mamele care știu tot, care cunosc bolile, care dau tratament, apoi, văzând că nu are efect, vin la mine și se plâng.

◈ *că siropelele nu sunt bune.*

◈ *că odrasla are grave probleme cu imunitatea de se îmbolnăvește așa des și o răceală simplă, tratată empiric cu Nurofen, ține de paișpe zile.*

◈ *că medicii habar nu au. Că de ce nu i-au făcut copilului nu știu ce analize?!*

◈ *că ce mare lucru se ascultă cu stetoscopul? Totul se vede la tomograf, ecografie, radiologie, analize.*

Eu nu dau importanță la chestiile astea, dar, în unele zile, chiar nu suport mofturi, așa că fac tot felul de experimente.

Vine într-o zi la consultație un copilaș de nouă anișori. O fetiță frumușică, însoțită de mama ei, posesoare de *Iphone*, conducătoare de nu știu ce mașină, cred un *A6*, dar pe care dacă o pui să citească mai repede se încurcă la primele cuvinte. În rest deșteaptă foc.

- Domn' doctor, copila a făcut bronșită spastică – îmi spune ea pe un ton care nu admitea replică.

- Se poate – fac eu sfios. Doar nu era să contrazic o asemenea somitate.

- Dar ce simptome prezintă?

- Păi, febră, respiră greu, tușește și transpiră mult – percutează mă-sa prompt.

- Deci, vă rog să-mi faceți o rețetă cu Augmentin, Nurofen și Erdomed.

Intru în jocul ei.

- Sigur că da. Îmi puteți spune și codul de boală? Să-l pot trece în aplicație, altfel nu mă lasă calculatorul să completez rețeta.

- 512, domn' doctor – face ea pe un ton superior.

- Corect.

Pe bune, mă apuc să scriu rețeta, să văd reacțiile. Asistentele se uită la mine uimite, mama copilului jubilează, că, deh, l-a pus ea la punct pe doctorul ăsta care are curaj să fie dur cu pacienții. Când scriam mai cu foc, observ că fetița îi spune, șoptit, ceva mamei.

- Ce-i copilaș? Mă interesez eu.

- Nimic, nimic – spuse mama.

- Copilaș, îndrăznești să ai secrete în cabinetul medical? Tu știi că la nenea doctor trebuie să spui tot? Mă minți tu pe mine? Ce i-ai spus mămicii tale?

- Lăsaţi, domn' doctor – continuă tuta.

- Nu, nu. Sunt curios.

- Vreau să mă consultaţi, aşa cum am văzut eu la televizor – îmi spuse îngeraşul.

Îmi creşte inima. Las gluma la o parte, rup reţeta şi execut o consultaţie profesionistă.

- Acum, că am terminat cu prostiile şi sfaturile tale – mă adresez eu mamei – iei fetiţa şi pleci de urgenţă la spital. E grav, nu vorbesc tâmpenii. Nu e nici o bronşită spastică pe care o diagnostichezi tu cu gospodinele la coafor sau în piaţă, e ceva serios.

- Dar ce are?

- Are pneumonie bilaterală mascată de tratamentul tâmpit pe care i l-ai administrat înainte de a veni la mine, plus un chist pe ficat, destul de mare. Ce i-ai dat?

Asta se înroşeşte, îşi înghite nervii de buticăreasă şi recunoaşte:

- Trei zile Cexyl, trei zile Zinnat.

- Şi când ai văzut că nu merge te-ai gândit să o aduci la mine, poate primeşti gratis un Augmentin, că ai tu drepturi, nu? Hai, lasă prosteala şi dunga la spital.

Copilaşul a ajuns la Iaşi. Avea chist hidatic hepatic şi pulmonar, pneumonie secundară. Leziunile nu erau de neglijat, motiv pentru care a şi fost operată.

Ce anume vă doriţi? Un medic servil şi atent la prostiile pe care i le turnaţi, având impresia că pe net faceţi facultate de medicină sau unul care nu dă doi bani pe aşa zisele voastre cunoştinţe, dar are grijă să vă ţină în viaţă pe voi şi pe cei dragi vouă?

Livada minunată

- Bună ziua, domn' doctor. Aveți timp să vorbim ceva mai... delicat? mă întreabă o pacientă.

- Bună ziua. Sigur că da. Cu ce vă pot ajuta?

- Mama mea e foarte bolnavă, îmi spune ea panicată. Abia mai respiră, săraca. Cred că nu mai are mult, domn' doctor.

Începe să bocească la mine în cabinet cu o forță și cu un patos de se zguduiau pereții.

- Am sunat-o și pe sora din Italia. Să vină acasă că moare mama – continuă ea între două sughițuri de plâns.

- Lasă că vin eu să văd ce are, poate mai putem face ceva. Du-te acasă și așteaptă-mă.

Îmi termin consultațiile și mă urc în Volvo. Direcția, viitoarea răposată. Toate astea se întâmplau într-o zi de vară. Era foarte cald. Un soare frumos își împrăștia generos razele pe un drum prăfuit. Conduceam plictisit, cu ochelarii de soare pe mutră, rumegând o gumă mentolată.

Ajung în final la poarta babei. O casă modestă, bătrânească, vopsită în alb, înconjurată de un gard de lemn nu prea înalt. Era într-o livadă plină de meri, cu iarbă deasă. Între doi pomi era un leagăn, cu o cuvertură roșie pe el.

Intru în casă, consult baba, prescriu penicilină la șase ore și promit că voi trece a doua zi. Fata babei plângea. Vecinii s-au adunat ca la urs. I-am trimis acasă și mi-am continuat drumul.

Dimineața trec din nou să o văd. Baba era mai bine. O iau de mână și mă duc cu ea în livadă, pe leagăn, să mai ascult ceva povești. Adorabilă bunicuța. Mi-a dat dulceață de cireșe, mi-a povestit despre război.

Era aer curat, păsărelele cântau. Mă simțeam extraordinar.

La un moment dat se deschide poarta și intră în curte o femeie la vreo cincizeci de ani, în negru, cu ochii roșii de plâns. Se uită la noi și leșină. Sar din leagăn să-i dau primul ajutor.

- Cine e femeia asta?

- E Firuța, fata mea din Italia – zice bunica.

Încet încet își revine, deschide ochii și spune:

- Mamă, eu am auzit că ai murit. Când te-am văzut pe leagăn am crezut că bântui pe lângă casă.

Le-am lăsat baltă. Am urcat în Volvo și am mai adăugat o experiență supranaturală la *Dispensarul SF*.

Domnișoara și RMN-ul

Este o categorie de pacienți care crede că, explorându-se cu tot felul de tehnici moderne imagistice, rezolvă mare lucru. Sunt genul de medic ce pune bază pe examenul clinic. Pe discuția cu pacientul, adică anamneza. Fac toate astea foarte meticulos. Așa am învățat în facultate, că examinarea unui bolnav, dacă este făcută cu spirit de observație, cu atenție la detalii, aduce în marea majoritate a cazurilor, edificarea diagnosticului.

Sunt situații și situații. Nu tratez boli, ci bolnavi. Fiecare cu modul lui de a reacționa, cu modul lui de a tolera anumite substanțe. Fiecare cu biologia lui. Nu sunt adeptul tonelor de analize, decât în situațiile în care diagnosticul este echivoc și suspiciunea este cea a unei boli mai complicate sau mai rare. Plus că, un medic ce știe să rezolve un pacient fără prea multe îndoieli, un medic sigur pe el este iubit și se bucură de cea mai importantă comoară din medicină: încrederea bolnavului.

Am lucrat într-o vreme ca medic de familie în oraș, înlocuind temporar o colegă. Acolo am avut câteva șocuri majore.

În primul rând pacienții sunt foarte deștepți. Citesc pe net tot felul de chestii și au o atitudine agresivă de genul:

- Am venit să-mi dați pe compensat lista asta de pastile.

- Nu mamă dragă, ai venit la consultație. Decid eu ce îți trebuie ție și ce nu.

- Nu, nu. Eu am dreptul la medicamente compensate și sunteți obligat să îmi dați.

Ca la piață. Nu suport mofturile astea. Îmi dau jos halatul, închid calculatorul și chem asistenta. Pacienta rămâne mască. Ies pe sală. Erau cam douăzeci de oameni.

- Dragii mei, cabinetul are acum alt nume: birou de copiat rețete. Asta o poate face asistenta. Eu plec la tenis, banii vin și nu am nevoie să pun mana pe voi. E OK? Îmi acordați permisiunea?

S-a făcut liniște. Un domn mai bine îmbrăcat îmi spune:

- Păi, nu sunteți obligat să stați la program?

- Nu sunt obligat să fac nimic atât timp cât voi doriți de la mine doar o hârtie scoasă la imprimantă. Eu am vrut să vă dăruiesc din priceperea mea, din experiența mea, din dragostea mea pentru voi. Iubirea cu forța se cheamă viol. Mie îmi place libertatea, nu vreau să stau la pârnaie pentru viol. Deci, dragii mei, ce fac? Plec sau jucați după regulile mele?

S-a făcut liniște. Am intrat în cabinet și am început să consult. Normal că în urma consultației au primit tratament compensat. Nu a plecat nici un pacient. Ba mai mult, s-au mai înscris câțiva pentru că eu, spre deosebire de colegii mei care se tem că pacienții se mută dacă nu sunt pupați în cur, nu am nimic de pierdut.

A doua pacientă din ziua aia a fost o domnișoară. Avea vreo șaizeci de ani.

- Bună ziua.

- Bună ziua, bunică – fac eu politicos.

Asta se uită la mine cu o privire de gheață și îmi spune:

- Nu sunt bunică, sunt domnişoară.

Îmi stăpânesc cu greu râsul. Ce dracu' de domnişoară stafidită te mai crezi şi tu? Mă rog, trebuie să fiu politicos.

- Am venit să o trimiteţi pe mama la RMN, că o doare spatele.

RMN sau Rezonanţa Magnetică Nucleară este o explorare costisitoare. Se face numai în cazuri selecţionate, pentru precizarea unui diagnostic sau a oportunităţii de a rezolva chirurgical o afecţiune.

- Dar câţi ani are mama, domnişoară? întreb eu, încercând din răsputeri să nu o fac şi pe babă fată mare sau domnişoară.

- Nouăzeci.

- Şi unde e?

- Păi, e acasă, nu poate merge. Nu v-am spus că o doare spatele?

- Bun. Şi eu cum ştiu ce are dacă nu o văd?

- Aaa. Dar nu trebuie. Dumneavoastră daţi un bilet de trimitere la neurolog şi el mă va trimite la RMN.

Mă enervez.

- Mamă dragă, matale ce lucrezi?

- Sunt la pensie, dar vând cărţi la o mănăstire.

- Bun. Şi tu crezi că dacă-i faci la babă RMN o vindeci? Are nouăzeci de ani. Las-o naibii în pace. Vrei să moară baba în aparat? Ia de aici ceva tratament pentru câteva zile şi ai să vezi că-i trece. Ai să spui ce doctor bun am fost.

Asta nimic, ea vrea bilet.

- Matale stai pe la mănăstiri.. Ştii ce scrie în Carte?

- Care carte?

- Cum care? Cartea Cărţilor, Sfânta Biblie!

- La ce vă referiți?

- Băi mamă, viața asta e dată pentru suferință, nu pentru distracție și huzur, da? Hai, ia rețeta, dă-i la babă tratament și dacă nu-i trece în cinci zile face RMN pe banii mei. Bun așa?

Asta pleacă ochii, se înroșește și iese.

După trei zile vine baba de nouăzeci de ani și îmi mulțumește că nu am lăsat-o să moară. Îmi spune că așa tare am impresionat-o pe fiica sa, încât aia numai de mine vorbește la mănăstire.

Ce ți-e și cu domnișoarele astea...

Vindecătorul și autistul

Nu știu cum lucrează colegii mei din oraș. La țară sunt particularități ce mereu m-au modelat ca om și ca medic. Pacienții au mult bun simț, chiar dacă nu știu prea multe. Au încredere în cel care îi consultă și nu pun la îndoială prescripțiile. Sunt și excepții, dar foarte rare. Eu nu îmi amintesc să fi avut contre pe tema asta în cei unsprezece ani de când practic medicina cu iz de ev-mediu, în rural.

Astăzi, când indiferența și falsitatea guvernează toate domeniile de activitate, e mare lucru să găsești un om în care poți avea încredere. Mă bucur de așa ceva. Nu-mi permit să îmi bat joc de cei care vin la mine în suferință.

Reforma în sănătate e o mare vrăjeală. E încă o încercare a statului de a pune biruri pe o populație și așa sărăcită, sub pretextul că va îmbunătăți ceva. Să vă spun un lucru cunoscut: din rahat nu poți face bici și nici diamante.

Bun... Am rămas în *Dispensarul SF*. Eu, o sticlă de cola rece și clasicul pachetul de *Davidoff Classic*. Echipa ce face furori oriunde merge. Telefonul se odihnea pe birou. *Tarja* îmi ține companie. Ușile și geamurile erau larg deschise, lăsând să intre aroma verii. Eram concentrat pe câteva porcării statistice când, deodată, aud un zgomot de frâne și câteva glasuri panicate.

- Ce noroc! E mașina aici. Doctorul încă nu a plecat.
- Domn' doctor! Veniți repede!
Normal. Percutez ca un cartuș dum-dum. Ies în stradă.

Văd un tablou de coșmar. Doi indivizi masivi duceau pe cineva într-o pătură. În spatele lor veneau două femei albe la față.

- Ce s-a întâmplat? – rag eu – Ce aveți acolo?

- E Andrei. L-a mușcat ceva în pădure. Nu știm ce. Îi este foarte rău, nu se poate mișca. Abia respiră, e vânăt tot. – îmi răspunde unul dintre ei.

Andrei e un copil autist de zece ani. Între noi e o relație specială. Doar eu îi pot administra tratamentul cronic. În ultima vreme face niște injecții, recomandate de medicul specialist cu care colaborez, și vine zilnic la cabinet. O lasă pe mama lui pe hol. Intră la mine singur, dă noroc și se așează pe pat așteptând înțepătura. Autiștii sunt foarte interesanți. Credeți-mă. Au niște reacții ancestrale uneori. Pe bune. E ceva întipărit adânc în subconștientul ce, din păcate, la guvernează existența. Am fost foarte impresionat într-o zi când m-a tras de tricou, în semn că îl vrea el. După ce i-l-am dat, a împărțit cu mine sticla de apă pe care o avea.

Revin.

- Când s-a întâmplat?

- Acum zece minute. L-am adus aici cât de repede am putut și ne-am rugat tot drumul să vă mai prindem.

- La salvare ați sunat?

- De ce? Vine fără medic. Ce știu să facă niște asistente? Dumneavoastră sunteți cel care a înviat odată pe cineva – îmi răspunde mama. – Vă rog, faceți ceva.

Nu mai pierd timpul cu discuții. Aduc copilul în cabinet, îl întind pe canapea și în două secunde pun diagnosticul de șoc anafilactic.

- Sunați la 112. Eu încep cu ce știu, dar obligatoriu trebuie dus la spital – spun eu sever. Îl țin în viață până acolo.

Deschid tot felul de fiole, execut ca un robot, calm și fără să mă pierd, tot ceea ce manualul Merck și experiența m-au învățat. În douăzeci de minute ajunge ambulanța. Andrei s-a colorat la față în roz, a deschis ochii și m-a prins de halat.

Perfuzia curgea domol, anturajul se uita la mine ca la un demiurg ce a creat lumea asta cu tot felul de imperfecțiuni, parcă anume. Asistenta de la salvare îmi spune:

- Dumneavoastră ne chemați rar, dar, atunci când o faceți, chiar e ceva grav.

- Acum e stabilizat. Plecăm la Suceava. Sper că nu ai pretenția de a mă duce la Siret sau Rădăuți. OK?

- Unde spuneți.

Am însoțit copilul. Pe drum a avut două recidive ușoare, dar nu mi-a dat drumul la halat. Am ajuns la UPU și am lăsat specialiștii să-l preia.

Cred că luni îl externează. Îl aștept cu o sticlă de apă minerală în frigider. Ce să fac? Țin la pacienții mei.

Emoții

Deși nu par, sunt un tip emotiv. Asupra mea o imagine sau o situație are un efect special. Nu știu de ce, dar ieri am avut o stare de melancolie extremă.

Am fost la un magazin din oraș să fac aprovizionarea de zi cu zi. Plimbam un cărucior mare în care am pus tot felul de chestii. La un stand era o femeie în vârstă, cu un pardesiu maro deschis, un batic decolorat pe cap, încălțată cu o pereche de cizme roșii, murdare de noroi. Fața ei era galbenă, cu multe cute, semne ale unei vieți pline de lipsuri. Se uita la un kilogram de zahăr și îl sucea pe toate părțile, deoarece, în mod sigur, era prea scump. Mi s-a făcut o milă extremă. Am pus punga la mine în coș și am plecat spre casă. Am plătit și am ieșit în fața magazinului, așteptând bătrâna. Aceasta a apărut cu o pâine în mână și cu o mare tristețe pe chip. M-am apropiat de ea și i-am spus:

- Bunică dragă, v-a căzut asta.

Am pus punga de zahăr în plasa ei și am plecat spre mașină cu un mare nod în gât.

Am fost într-o zi la Spitalul Județean. Aveam de vorbit cu un coleg care lucrează la UPU, adică Unitatea de Primire a Urgențelor. Era dimineață, în jur de opt și jumătate. Ca de obicei, foarte multă lume aștepta pe hol.

În faţa mea mergea o mămică, îmbrăcată într-o pereche de blugi şi o bluză albă. Ţinea în braţe un copilaş de vreo doi anişori. Copilul avea o mutrişoară tristă, o privire pierdută, o sticluţă de lapte în gură şi o branulă pe mâna stângă. Nu plângea, nu era mofturos. Doar un copilaş trezit din somnul său de îngeraş şi adus la spital.

- Ce are copilaşul, mamă dragă?
- A făcut febră. Are leucemie...

Nu mai pot. Mă întorc şi plec spre maşină. Paştele mă-sii! Dumnezeu a rămas fără îngeri?

Riscurile meseriei sau poliţiştii cu faţă umană

Nu ştiu dacă v-am spus. Urăsc zilele toride. Nu îmi place căldura. Mai ales atunci când sunt forţat, prin prisma meseriei, să umblu pe drumuri. În special când traficul este înfiorător.

Ca să vedeţi că nu sunt paranoic sau plin de ură nejustificată faţă de instituţiile statului vă spun doar atât. Edilii noştri, aleşi de tot felul de cetăţeni cu drept de vot, au început lucrări la carosabil în oraş în luna august. Atunci traficul se dublează. Vin cei care se întorc în ţară pentru a cheltui bruma de euro câştigaţi cu greu.

Bun... Într-o stare de disconfort ajung la dispensar, unde beneficiez de un pic de răcoare. Am renovat clădirea. Am făcut curăţenie în interior. Port chiar şi halat. Sunt pe cale să respect multe standarde. Cică europene.

Câţiva pacienţi mă aşteptau cuminţi pe hol sperând ca eu sa le rezolv anumite probleme, uneori nu numai de sănătate. În meseria asta am făcut de multe ori şi pe poliţistul şi pe popa şi pe învăţătorul. Deh, riscurile meseriei.

Am început să consult calm, fără grabă – profesionist. Mă complăceam în această stare. Deodată, uşa se deschide brusc şi intră o femeie. Relativ tânără, cu un copilaş de vreo doi anişori, în braţe. Capul fetiţei era acoperit cu o bucată de pânză pătată din belşug cu sânge.

- Ce s-a întâmplat? – întreb ieşit complet din moleşeală.

- A mușcat-o câinele de urechiușă – îmi răspunde mama cu o voce panicată.

- Pune fetița pe pat.

Copilașul plângea. Am desfăcut tentativa de pansament și am văzut plaga. Dragii mei, urâtă treabă. Jumătate din ureche lipsea. Obrăjorul de îngeraș era sfâșiat. Imobilizez copilul cu ajutorul asistentelor, fac hemostaza, pun pansament compresiv și sun la ambulanță. Normal că nu era mașină în stație așa că iau decizia să transport copilul de urgență la spital.

Urc în automobilul meu și plec spre Rădăuți. E cea mai apropiată Secție de Chirurgie. Din fericire, am reușit să prind o venă, să las să curgă o perfuzie în care am pus și un sedativ ușor astfel încât micul pacient s-a liniștit.

Conduc cu viteză, dar prudent, iar după cinsprezece minute sunt oprit de poliție. Mă dau jos nervos, plin de sânge pe halat și spun:

- Nu mă interesează radarul vostru. Am un copil în stare gravă în mașină. Sunt medic. Am sunat la ambulanță și nu au mașină în stație. Mă duc la spital.

Dragii mei, tot respectul pentru cei doi polițiști. Au trecut în fața mea, au dat drumul la sirene și m-au însoțit până la spital. Pentru acest gest nu le port pică pentru că mi-au dat amendă. Am primit procesul verbal în fața spitalului, am semnat și îndată mă duc să plătesc.

Deh, riscurile meseriei.

Vindecătorul și felinarul

Dragii mei, astăzi a fost o zi foarte încărcată. Multe drumuri, multe consultații la *Dispensarul SF,* multe telefoane, mult consum nervos. Acum sunt cam dărâmat.

Nu știu dacă v-am mai spus, dar îmi place foarte mult ploaia. Îmi induce o anumită melancolie. Astăzi am avut din plin parte de ea.

Am fost chemat la domiciliul unui bolnav. Nu știam prea multe despre el. A tot evitat să vină la consultație.

Fac astfel de drumuri de obicei la amiază. Am mult de lucru și dacă nu este o urgență pot temporiza vizita.

A venit la mine fata pacientei, căci despre o bunică este vorba. M-a rugat să trec pe la casa bătrânei, să iau și o asistentă cu mine deoarece aceasta nu vorbește prea bine limba română. Eu nu știu ucraineană. Apelez des la acest mod de a comunica, mai ales cu pacienții foarte bătrâni. Încerc să fac un scurt istoric, atât al bolilor pe care le am frumos scrise în fișă, cât și a condițiilor în care trăiește pacienta. Așa sunt eu, meticulos.

Iau o asistentă, sar în mașină și încep așa numita muncă de teren. Ajung în satul vecin, ce aparține de comuna în care se află celebra Clinică SF. Părăsesc asfaltul, intru pe un drum pietruit și ajung la ultima casă.

– De aici mergem pe jos, – mi se spune.

– E mult de mers?

– Trebuie să ajungem pe deal.

Fără să-mi pese de pantofii mei cei noi, mă avânt cu entuziasm prin iarba plină de apă. Aerul e tare, liniștea e aproape desăvârșită. Cântecul păsărelelor din pădure se înalță ca un imn dedicat unei divinități ce parcă a uitat de creațiile sale.

Bunica locuiește într-un bordei. Cred că e construit înainte de război. Fără curent electric, fără apă curentă. Înăuntru, pe o plită, fierbeau câteva oale. O candelă minusculă sub o icoană. Un felinar cu ulei aștepta cuminte, atârnat într-un cui, să lumineze nopțile acestei ființe ce trăiește în alt timp.

Când m-a zărit a început să plângă.

– Întreab-o de ce plânge – spun eu asistentei translator.

După câteva minute de conversație într-o limbă pe care nu o înțeleg, aceasta îmi spune.

– De rușine, domn' doctor. Ea e bătrână și crede că nu e frumos ca la vârsta ei să mai deranjeze doctorul.

– Te rog sa traduci cuvânt cu cuvânt ceea ce îți spun eu acum. *Bunică dragă, am venit să te cunosc. Mi s-a spus că ești cea mai în vârstă din sat. Plus că ai titlul de veteran de război, iar eu respect foarte mult asta. Nu e o rușine să îmi spui ce te doare pentru că ăsta e serviciul meu. Ascult oamenii și încerc să îi vindec. Nu stau la birou.*

Îi mai spun multe altele și o conving să mă lase să o consult. Îi explic că sunt nevoit să-i fac tratament injectabil. Asistenta va veni de două ori pe zi și i-l va administra. Eu o vei vedea în șapte zile, la control. Există soluții pentru a o scăpa de durere. Știți ce îmi spune?

– Eu am făcut injecții o singură dată în viață. Penicilină. Am avut o infecție la cap. Tata' meu a dat un porc pe șapte sticluțe. Am scăpat.

Acelea erau vremuri grele. Nu astea. Vremuri în care abia s-a descoperit penicilina. Prețul era cel descris mai sus. Vremuri în care țara asta, prin munca unor oameni ca ea, s-a refăcut după război. Vremuri în care mulți și-au pierdut casele din cauza unor comuniști. Vremuri în care viața ta nu valora nimic dacă erai contra regimului. Vremuri în care unii și-au luat copiii în brațe, au ieșit forțat din căminul lor și s-au întrebat: *unde mergem acum?*

Când aud tot felul de giboni care exclamă ce bine era înainte îmi vine să le fac o doză dublă de diazepam cu laxative. Să doarmă, și la propriu, în rahatul lor de viață.

Scuze. M-a luat valul. Cât am consultat bătrâna, cerul s-a întunecat, vântul a început să bată cu putere. Fulgere frumoase dansau pe nori. Tunete grandioase avertizau asupra măreției naturii. A început să plouă puternic. Nu mai puteam ajunge la mașină. Am deschis ușa și am privit la stropii ce mușcau din pământul unui deal impasibil. Bătrâna a venit lângă mine, mi-a adus un scaun, a aprins fitilul felinarului, apoi a început să se roage.

Momentul a fost magic. Am început să îngân și eu: Tatăl nostru care ești în ceruri...

Prosteala halatelor albe

Mă duc ieri la o farmacie cu pretenţii din oraş, să îmi cumpăr ceva leacuri pentru gripa ce încearcă să mă salute. Mă aşez cuminte la coadă. La tejghea era o fătucă îmbrăcată într-un halat alb, scurt, cu o coafură gen emo. Nu am nimic cu genul ăsta de patetici. Vă spun asta pentru a vă face o idee despre imaginea farmacistei. Cică!

În faţa mea era un domn înalt, cu părul cărunt, cu o reţetă în mână.

- Domnişoară, vreau de pe reţetă numai fenofibratul – spuse el.

Această substanţă se foloseşte pentru a scădea nivelul de trigliceride (grăsimi) din sânge.

Tuta răspunde:

- Nu avem fenofibrat, dar avem fenobarbital.

Nu am mai putut să mă abţin:

- Domnişoară dragă, grajdul ăla în care ai stat tu se numeşte şcoală? Cine naiba te-a pus aici? Unde e şefa?

Asta nu se lasă:

- Dar dumneavoastră cum vă permiteţi să vorbiţi aşa cu mine? Eu am făcut ceva ani de şcoală ca să fiu aici – îmi răspunde distrusa.

- Domnişoară, dacă treci pe lângă o clădire pe care scrie şcoală nu înseamnă automat că dobândeşti şi cunoştinţe. Te rog cheamă farmacista şefă care e obligată să fie aici, conform normelor de funcţionare ale farmaciilor. Şi repejor, până nu sun eu pe cineva și vă închide păduchelnița asta.

Tipa dispare. După câteva minute se întoarce cu o altă tută. Asta era mai în vârstă.

- Cum vă permiteți, domnule, să mă chemați?

- Doamnă, aveți angajată o tută care nu știe medicamentele. Cum să dai fenobarbital în loc de fenofibrat?

- Dar ce treabă aveți dumneavoastră?

- Treabă cu vindecarea, doamnă. Sunt medic.

Amândouă rămân mască. Am făcut circul de pe lume. Cel puțin douăzeci de minute nu a mai intrat nimeni acolo. Sunt convins că, după ce am plecat, lucrurile au reintrat în normal. Alți pacienți, care au încredere în halatul alb, vor suferi de pe urma unei piloase angajate pe calitățile ei orale nu pe cele profesionale.

Foloase necuvenite sau îmbogăţire fără just temei

Am sosit dimineaţă la cabinet, după un drum înfiorător, cu o durere de cap care m-a tâmpit mai mult decât sunt eu de obicei. Până la ora zece nu prea am fost căutat. Apoi s-a dezlănţuit mitingul.

Am fost ca de obicei. Răbdător şi empatic cu toată lumea. La un moment dat intră o bunică draguţă. Purta o cămaşă albă, ţărănească, brodată de mână. Avea un păr alb, împletit frumos în cozi, prinse în coc. Nu am mai văzut-o până acum. O invit să ia loc şi încep anamneza. Aflu de la dânsa că e cea mai bătrână din sat, având nouăzeci şi nouă de ani.

Rămân siderat. La vârsta asta să poată merge pe picioare, să fie lucidă, e ceva dat naibii. Mă comport ireproşabil. Consult impecabil şi dau bunicii tratament.

Dragii mei, bătrânii ăştia sunt făcuţi din altfel de aluat. Nu am găsit decât o valoare mare a tensiunii arteriale şi un pic de fibroză pulmonară. În rest, nimic. Eu am văzut pacienţi la patruzeci de ani care erau varză.

- Multumesc, domn' doctor. Cât costă consultaţia?

- Nu costă nimic, bunică. Eu sunt uimit cât eşti matale de sănătoasă.

- Nu se poate! Cum? Pe gratis la doctor? Dă să aduc eu nişte ouă pentru matale?!

- Bunică, dacă aduci ouă, să fie în formă finală, te rog.

Rămâne blocată.

- Cum adică, domnu' doctor?

- Prăjite în unt, cu un pic de brânză și o felie de pâine din cuptor – fac eu amuzat.

- Bine, pan doctor.

Mă uit la ea cum se îmbracă și pleacă. Făcea pași mici, apăsată de ani, călită în vremuri de care noi am auzit doar de la bunici. Vremuri de foamete, de război, de frică.

Și mă gândesc că noi urlăm ca boii pentru te miri ce... Ar trebui să învățăm de la bătrânii noștri.

Dragii mei, după o oră, apare din nou bunica, cu un șervet alb ce acoperă o farfurie adâncă.

- Poftim domnu' doctor, vă rog sa mâncați. Eu am făcut astea pentru dmneavoastră și vă mulțumesc pentru tot.

Și uite așa mi-a trecut durerea de cap savurând ouăle făcute parcă de bunica mea.

Puloverul de legionar

Era o dimineață calmă. Fără gălăgie. Fără aglomerație. Fără multe probleme pe capul meu. Stăteam relaxat la gura sobei și puneam pe foc. În ultima vreme am înclinații piromane. *Tarja* făcea vocalize pe laptopul meu. Pachetul de *Davidoff* aștepta cuminte lângă ceaiul de mentă de pe birou. Fulgii cădeau ușor, întocmai ca anii tinereții mele sacrificate pe altarul lui Esculap. Bate cineva la ușă.

- Intrați vă rog – fac eu dându-mi picioarele jos de pe sobă.

- Am venit să vă iau măsura, domn' doctor – îmi spune o bătrânică ce a ținut neapărat să-mi tricoteze un pulover de lână – nu de alta, dar să nu răciți că tare avem nevoie de matale. Ăsta sunt eu!

Ador lâna pe piele – să nu fie țurcană – iar culoarea aia verde închis, de legionar, m-a făcut să zâmbesc. Stau nemișcat. Bătrâna, desprinsă parcă din tablourile lui Ștefan Luchian, îmi ia măsurile cu sfială. În sfârșit pleacă. Mai pun câteva lemne pe foc.

Ușa se deschide brusc și intră un tip înalt, bine făcut, plin de zăpadă și galben la față.

- Ce bine îmi pare că v-am găsit singur. Am o mare problemă domn' doctor.

- Ce-i măi Ionică? Ce ai pățit?

- Am fost la cumătra mea, domn' doctor, și cum era frig afară m-a servit cu două căni mari de ceai.

- Bun. Și de ce ești așa speriat?

- Păi, era ceai pentru stimularea lactației, știți că ea are copil mic. Mă tem să nu pățesc ceva, domn' doctor.

Eu am rămas siderat.

- Nu se întâmplă nimic. Stai fără grijă.

- Domn' doctor, mă tem tare. Nu pot pleca așa acasă. Dacă...

Și aici tipul începe să tremure, ochii i se umezesc și respirația i se accelerează. M-am prins. Trebuie să fac ceva pentru a-l liniști.

Scot din dulapul de urgențe o pastilă de paracetamol și-i spun.

- Uite aici un antidot. Îți dau un pahar cu apă, dar trebuie să mesteci întâi pastila, chiar dacă are un gust grețos. În două minute vei simți o căldură în corp. Ești de acord?

- Fac orice, domn' doctor.

- Stai fără grijă. Sunt lângă tine.

Ia tipul pastila, o mestecă, bea paharul cu apă și se așează pe canapea. Eu mă uit la ceas și după două minute îl întreb:

- Simți ceva?

- Da, domn' doctor. Mă încălzește tare. E normal?

- E normal. Mâine trebuie să vii la ora nouă pentru a doua doză și ești vindecat complet.

Se ridică, îmi strânge mâna și se uită la mine ca la Dumnezeu. Ridic din umeri, aprind o țigară și meditez la puterea credinței care te poate face să-ți iei patul și să umbli.

Domnișoara și injecția

V-am mai povestit despre farmecul medicinii rurale. Despre programul de gărzi pe care l-am executat doi ani de zile.

V-am spus despre sala de box pe care mi-am amenajat-o acolo și despre urgențele ce m-au solicitat, oarecum.

Să vă mai descriu o situație ce mă amuză și acum. Protagoniștii sunt: Vindecătorul și trei domnișoare bete.

Era sâmbătă seara. Mi-am încheiat activitatea intelectuală cu o pagină din Cioran. Am ieșit în fața spitalului să aprind un *Davidoff*, să mai stau la o vorbă cu una din asistente. Împărțea aceeași patimă ca mine, otrăvitul prin fum. Aerul era cald, încărcat cu miresme de tei.

Stele răzlețe începeau să lumineze cerul unei comune uitate de timp. Luna arunca în noi lumina sa rece.

- Spune-i, te rog, infirmierei să-mi facă patul. Vreau să mă odihnesc un pic. Cine știe ce noapte urmează? E sâmbătă și e plin de tot felul de turbați.

Partea nasoală era camera de gardă. Acolo consultam, citeam, scriam, dar eram nevoit să și dorm. Nu exista alt loc. Doar nu era să mă bag în pat cu bolnavii.

Intru în unitate. Mă spăl pe dinți. Mă dezbrac și mă întind în pat. Obosit fiind, am adormit instantaneu. Mă trezește soneria. Din reflex, sar din pleduri. Mă duc să deschid.

Imaginea era splendidă: eu în chiloți și trei fete tinere în fața mea.

- Ce e cu voi?

- Domn' doctor, prietenei mele i s-a făcut rău, așa că am adus-o aici – îmi spuse una dintre ele cu o voce incoerentă.

- Bun. Intrați în camera de gardă. Așteptați un minut să îmi iau ceva pe mine.

Mă îmbrac. Le invit înăuntru. Cea cu probleme a fost întinsă pe canapeaua de consultații. O examinez și constat că era beată mangă, cea mai beată dintre toate trei.

- Dar ce a pățit?

- Eram la o petrecere și a băut prea multă cafea.

- Da, da. Cafea cu rom, nu?

- Nu. Că ea nu bea, că are probleme cu calciul.

- Bine, bine. Îi voi face o injecție.

Mă adresez pacientei.

- Te rog să desfaci un pic blugii, să te pregătești pentru că îți voi face o injecție.

Mă duc spre dulapul de urgențe. Încep să rup fiole și să umplu o seringă. Mă întorc cu seringa în mână și rămân stupefiat.

Asta și-a dat jos tot de pe ea și stătea crăcită pe canapea cu fața în sus. M-a bușit râsul. Celelalte două râdeau ca proastele.

- Domnișoară, dar ce injecție crezi că-ți fac? Întoarce-te!

Asta se întoarce și rămâne sprijinită în coate și genunchi, în celebra poziție pe care Terra Patrick a dus-o la apogeu.

- Băh, fetelor, puneți-o pe asta ca lumea! Nu suntem la studiourile Vivid aici. Terminați cu prostiile.

Astea se înroșesc. Îi trag o injecție pentru care m-a pregătit facultatea de medicină.

O îmbracă, o iau în brațe și o cară la mașină.

Sting becul și încerc să adorm din nou. După cinci minute, sună iarăși. Era una din cele trei.

- Domn' doctor, nu veniți cu noi la chef?

Am închis ușa. Am deconectat soneria. Mi-am pus perna în cap. Am decis că mi-a ajuns pentru o singură noapte.

Blood and Sand sau Gladiatorul comunal

Am ajuns dimineață la cabinet pe o ploaie măruntă, ce mi-a făcut impresia de toamnă. În sala de așteptare erau câțiva copii răciți, motiv pentru care i-am băgat pe toți înăuntru, lângă sobă. Am consultat așa cum fac de obicei: meticulos și profesionist. Am dat rețete gratuite și am dat numărul meu de telefon mamelor, să-l folosească în caz de urgență.

La un moment dat, intră la mine un bătrân plin de sânge, galben la față, vorbind cu greutate.

- Domn' doctor, am căzut pe gheață și am dat cu capul de asfalt.

Am sărit de pe scaun și am luat moșneagul în brațe, ajutându-l să se așeze pe canapea.

- Bunicule, mai ții minte ce s-a întâmplat după ce ai căzut?

- Nu. Cică m-a ridicat cineva și m-a adus până în fața dispensarului. Am stat un pic pe bancă și apoi am intrat.

Mă enervez.

- Ce prostan. Te-a lăsat pe bancă și a plecat?

- Da, cred, nu mai știu.

Pe gresia din cabinet era o baltă de sânge. Pe halatul și pantalonii mei la fel. Cosmetizez plaga, fac hemostaza și execut un pansament frumos. Mă uit la moș și mă cuprinde mila. Slab, bătrân, neajutorat. Îi dau tratament, merg cu el la farmacie și-l duc cu Volvo până acasă. Dau indicații babei lui despre ce are de făcut, instruiesc personalul despre frecvența tratamentului perfuzabil și o tai din nou la cabinet.

Acolo mă mai aștepta un bătrân, cu căciula în mână.

- Ce-i bunicule?

- Domn' doctor, vă rog să veniți cu mine până acasă. Soția e bolnavă, ea nu prea poate umbla, merge numai cu cârje și acum a răcit tare. E la pat.

- Mergem. O secundă să-mi iau tensiometrul.

El se uită la mine, la sângele de pe blugii mei, și-mi spune:

- Ați pățit ceva? Văd că sunteți plin de sânge.

- Nu e al meu- fac eu ca în romanele lui Dumas

Mă duc cu moșul până la casa lui. O căsuță mică, bătrânească, văruită în alb, cu un hogeag pe care ieșea o dâră de fum. Intră în curte primul și îmi arată unde stă bunica. Sau, mă rog, unde trebuia să stea. Ne privim cu uimire: baba, pe nicăieri. Ieșim din casă și mergem spre șură, de unde se auzeau strigăte.

Bătrâna era pe jos, în noroi și găinaț, abia respirând.

- Ce dracu' s-a întâmplat? fac eu contrariat.

- A scăpat scroafa și am încercat să o aduc înapoi, că el era plecat- spune ea de pe jos.

Baba are peste o sută de kilograme, așa că eu și moșul ne-am chinuit enorm să o ridicăm de pe jos. Sifiliticul ăsta de noroi e foarte pervers. Am alunecat și am adăugat blugilor mei combinația dintre el și rahat de porc sau găini.

Ducem baba în casă, o curățăm oarecum, dau tratament și cu un zâmbet amar o tai spre cabinet. Sunt murdar ca un porc, duhnesc a tot felul de chestii și mă gândesc de unde dracu' să iau eu niște pantaloni decenți, că doar nu pot merge acasă despuiat.

Paștele mă-sii de medicină rurală...

Sirop pentru viespi sau Spitalul Lighioanelor

Vreau să vă mai împărtășesc din *minunatele* aspecte ale sistemului nostru sanitar, ultrareformat și informatizat. Zilele trecute am internat un pacient de al meu, orb, într-un anumit spital din extraordinara noastră urbe. Omul avea probleme grave cu circulația periferică, în speță, un ulcer varicos suprainfectat. Nu puteam conta pe colaborarea lui. Nu vedea cum anume să își administreze tot felul de creme și pastile. Cazul era destul de complicat. Am luat decizia tâmpită de a-l interna.

A doua zi dimineață ajung la cabinet și îl văd pe sală. Uimit, îl chem în birou și-l întreb:

- Bunicule, dar nu trebuia să fii la spital?

- Am fost, domn' doctor, dar am fugit.

- Cum așa? Tu știi că asta nu e o chestie cu care să te joci? De ce ai fugit?

- Păi, am ajuns ieri acolo. Am fost internat și pus într-un salon în care mai erau cinci bolnavi. Căldura era înfiorătoare fiindcă ferestrele erau la soare. Mirosea îngrozitor. Mi s-a dat o rețetă să cumpăr medicamentele pe care secția nu le avea. Am înțeles toate astea. Spre seară au început să se audă zgomote ciudate. Eu nu văd, dar am trezit colegii și aceștia mi-au spus că sunt zece viespi mari prin salon. Știți că sunt alergic! Am ieșit afară și am chemat infirmiera. Asta s-a chinuit jumătate de oră. Într-un final m-a anunțat că pot intra și dormi liniștit. Bun...

Pe la o bucată de noapte am avut nevoie la toaletă. Știți că mă chinuie prostata. Când am intrat în baie, din nou aud zgomote. Fug și de acolo. Chem din nou infirmiera care a urlat la mine, pe motiv că nu dorm și o frec pe ea. În baie a găsit un cuib de viespi, mare cât o căciulă. S-a speriat, a chemat o colegă și i-au dat foc. Vă rog să mă scuzați, dar eu într-un asemenea loc nu pot sta. Eu nu văd și nu mă pot lupta cu insectele.

- Mai bine că nu vezi, altfel, cred că te-ar fi fugărit jegul – spun eu cu glas încet -. Lasă că facem cum putem tratamentul aici.

Am rugat asistentele să meargă de două ori pe zi la el. I-am dat tratament injectabil. Sper ca totul să fie bine.

Cotizați, dragii mei! Este obligatoriu, la sistemul de asigurări de sănătate public. Veți fi tratați cu cel mai mare respect!?! Asta nu e asigurare, e un alt fel de impozit. Mă rog să prind ziua când vor apare casele private de asigurări. Să facă o concurență dură cu statul. Poate așa se vor trezi din aroganța și nepăsarea de care dau dovadă cei care trebuie să se asigure că pacienții nu pleacă din spital mai bolnavi decât au venit. Sau morți!

Până atunci, aveți grijă unde vă internați sau mai degrabă veniți la *Dispensarul SF*.

Copilul cu copil

Activitatea mea la *Dispensarul SF* cuprinde şi numeroase protocoale de colaborare cu diverse instituţii. Fac parte din tot felul de comitete organizate de primărie, inclusiv din echipa de răspuns rapid în faţa unor calamităţi naturale. Colaborez, de asemenea, foarte eficient cu o fundaţie ce organizează diferite manifestări, de la ziua bătrânilor până la concursuri pentru copii.

Dar cea mai importantă şi mai plăcută pentru mine este activitatea în care sunt implicat la şcoala din comună. Am multe activităţi acolo, de la lecţii de igienă până la educaţie sexuală. Încerc din răsputeri să le explic copiilor ce trebuie sa facă pentru a preveni bolile şi fac apologia stilului de viaţă sănătos. Am avut surpriza să văd elevi de clasa a şasea sau a şaptea care fumează. Cine ştie câte chestii îmi sunt însă ascunse? Vremurile astea se caracterizează printr-un libertinaj apropiat de sfidarea oricărui fel de autoritate.

Vă spun toate astea ca să vă faceţi o imagine despre felul în care înţeleg să mă implic în problemele comunităţii de care am grijă ca medic. Este foarte important pentru mine, ca medic de familie care îşi doreşte să facă prevenţia bolilor, să cunosc pacienţii foarte bine, să ştiu cum trăiesc, să ştiu ce riscuri au, în termeni medicali, să le cunosc antecedentele patologice şi cele heredo-colaterale.

Vă daţi seama ce frustrat am fost şi ce nervi am rumegat zile întregi când am avut de a face cu următoarea situaţie.

Mi-a fost adusă la consultație o fetiță. A venit însoțită de bunici. Părinții erau plecați la muncă pe afară, încercând să facă niște bani pentru a supraviețui. În țara asta, știți foarte bine ce greu este să trăiești oarecum decent din ceea ce câștigi.

Copilul ăsta nu mergea la școală, citea cu dificultate, dar avea unghiile făcute, o urmă de machiaj pe față și un ruj roșu aprins pe buze. Mă uit la ea și o întreb:

- Câți ani ai copilaș?

- Nu sunt copilaș, sunt domnișoară. Am cincisprezece ani.

- Am înțeles, spun eu sobru. Ce te supără?

- S-a îngrășat foarte tare, domnu' doctor – îmi spuse bunicul ei.

O întind pe pat, o palpez, o ascult, măsor tensiunea arterială. O rog să stea liniștită și dau drumul la ecograf. În burtă, surpriză, evolua frumos o sarcină. Vârsta fătului era cam patru luni, cu marja de eroare inerentă, dată de aparatul meu.

- Când ai avut ultimul ciclu?

- Luna trecută.

- Copilaș, dacă mai continui să mă minți, stricăm prietenia. Ești însărcinată în patru luni, așa că, te rog, scutește-mă de fandoseli, că nu le suport.

Începe să plângă. Bunica ei se așează pe pat, bunicul își stăpânea cu greu lacrimile.

Cum dracu' să rămâi însărcinată la cinsprezece ani și să renunți la tot? Să nu mai faci școală, să te complaci într-o viață la coada vacii, să nu vrei să trăiești decent? Cum să te descurci în lumea asta, copil cu copil?

Și mai ales, cine e boul care te-a lăsat gravidă? Ăștia ar trebui castrați. Pe cuvânt.

Eu cred că ăsta este riscul copiilor care cresc fără supravegherea părinților, care sunt vulnerabili, și care nu cer ajutor pentru că au impresia că nimănui nu-i pasă.

Vindecătorul și copiii fără viitor

În ultima vreme am devenit deosebit de sensibil. Pe bune. Nu știu dacă este benefic pentru cariera mea, dar cert e faptul că mă ajută în deciziile pe care le iau zilnic.

Vă rog să nu mă înțelegeți greșit. Mereu mi-a păsat de suferința celor care vin la mine. Mereu am încercat să ajut, să rezolv orice problemă medicală, să fiu aproape de pacienții mei. Numai că, de o bucată de vreme, mă implic prea mult. Am uneori zile în care, chiar după ce termin tot ce e de făcut la cabinet și vin acasă, nu mă pot deconecta. Nu mă pot detașa. Nu știu cum să explic toate astea. Pot doar să sper că nu mă vor domina.

Astăzi am avut mult de lucru. Am făcut numeroase drumuri, am vorbit mult la telefon. O zi normală. Ceea ce însă m-a dărâmat, oarecum, a fost o vizită făcută unor copii.

Am fost chemat la domiciliu. Micii pacienți erau foarte răciți, febrili, mucoși și alte asemenea morbidități, motiv pentru care mama a decis să nu-i scoată din casă. Distanța de la casa ei până la dispensar nu este foarte mare. Am mers pe jos. Soarele strălucea, aerul purta în el miesmele toamnei cu tot ceea ce aduce ea: must, gutui, mere și în special focul de pe câmpuri. Știți cum e mirosul ăsta? E special. Îl țin minte de când eram copil. Mergeam încet, salutând toate babele care stăteau pe la porți, bârfind. Făceau din mână la șoferi, la biciclişti, dând *bună ziua* poștașului, instalatorului, electricianului.

Ajung la casa cu pricina. Este o vilă mare, vopsită în culori vii, cu un acoperiş modern. În curte este un câine plictisit de viaţă, care, nici măcar nu mă învredniceşte cu o privire. Stă într-un fel de meditaţie, total absent din realitatea de lângă el. Dau să deschid uşa când aud o voce.

- Nu acolo, domnu' doctor. Veniţi aici, în casa mică.

Mă conformez. Intru într-o „magazie" unde miroase a tot felul de chestii stricate. Mă salută un roi de muşte. În faţa mea sunt două uşi. Femeia care mă conduce deschide una dintre ele şi se dă, politicoasă, la o parte. Intru, dragii mei, într-o cameră insalubră. Era supraîncălzită de o sobă umplută până la refuz. Avea igrasie majoră pe pereţi, dar avea şi un televizor color pe o comodă. În mijloc, un pat mare pe care stau culcaţi doi ţânci. Unul de patru şi unul de şase ani. Într-un colţ, un pătuţ din lemn în care se află un bebeluş de nouă luni. Mă uit la mamă. O femeie căreia i se citesc pe chip multe. În special o uşoară întârziere mintală.

- Cum dracu' staţi toţi în camera asta?

- Păi aici ne-a lăsat socrul să stăm, că în casa cea mare nu a vrut să ne primească. Eu sunt venită de la Arad. Acolo am stat toţi o perioadă. Când am văzut că nu mai e de lucru am venit aici.

- Când ai văzut că nu mai e de lucru, te-ai apucat de făcut copii. Nu? Că altceva, ce naiba ştii tu să faci? Unde e tatăl?

- E la muncă.

- E angajat undeva?

- Nu. Lucrează cu ziua prin sat.

Nu mai spun nimic. Mă apuc de consultat. Copiii sunt bocnă de răciţi, dar nu e ceva grav. În schimb tare le-ar prinde bine o baie, o mâncare consistentă și constantă și mai ales o altă locuință.

- După ce plec de aici îi dai telefon soțului tău. Îi spui să se prezinte la mine. Rețetele pe care vi le dau sunt valabile doar până mâine. Dacă vrei să iei tratament gratuit pentru ăștia mici, îl trimiți urgent la farmacie. Astăzi! Clar?

- Da, domnu' doctor.

- Socrul tău e acasă?

- Este.

- Bine. Trec și pe la el. Nu uita ce ți-am spus.

Ies din camera aia sumbră și mă îndrept spre vilă. Trag un picior în ușă. Aștept să-mi deschidă cineva. Îmi aprind o țigară. Încerc să-mi stăpânesc mișcările involuntare ce anunță o mare criză de nervi. După alte două lovituri, îmi deschide un nene în vârstă. Destul de solid, roșu la față. Respirația lui miroase a alcool, ceva țuică de sfeclă, cred.

- Dar de ce îmi rupi ușa măi băiete?

- Tataie, hai un pic până la poartă să îți zic ceva, că nu vreau să spui pe urmă că te-am amenințat în casă.

- Ce să faci? Unul din băieții mei a fost director așa că nu mă tem.

- Da, da. Și eu am făcut judo în clasa a treia. Hai să-ți spun ceva. Nu durează mult.

Mă îndrept spre poartă și ăsta vine după mine. Ies din curte. Mă întorc spre el. Îl apuc de gât, îmi fixez ochii în pupilele lui și spun cu voce domoală:

- Am văzut în ce condiții stă unul din băieții tăi. Mi se rupe de el și de tuta aia ce-și zice soție. Ceea ce nu pot însă accepta e faptul că trei copii stau într-o singură cameră în timp ce tu te lăfăi în vilă. Sunt nepoții tăi. Tu știi ce e acolo?

În aceeași cameră porumbeii ăştia doi ce-și zic părinţi mănâncă, se spală, teoretic măcar, se fut, se schimbă, iar copiii sunt tare chinuiţi. Îţi dau cuvântul meu că te las să mori în şanţ dacă luni, când vin la cabinet, nu-i văd în una din multiplele camere din vila asta a ta. Ţine cont că ai o pensie de handicap pe care, dacă pun o vorbă bună unde ştiu, o pierzi. Ţine cont că ai nevoie de mine, doar iei o pungă de pastile în fiecare zi. Ţine cont că devin de acum coşmarul tău şi nu ai ce să-mi faci. România e o ţară în care se poate orice. Dacă vreau te pot interna câteva luni la Costâna, la nebuni, unde ai să mănânci bătaie zilnic. Pot să îţi fac multe mizerii şi să-ţi nenorocesc bătrâneţile. Eu plec acum. Luni sper să văd că ne-am înţeles, altfel nici dracu' nu te mai scoate din mâinile mele.

Am dat drumul moşului şi am aşteptat o reacţie. Eram gata de orice, pe bune. Ăsta începe să plângă şi să-mi spună că aia e o zdreanţă, că se poartă urât cu el, că fiul îi fură pensia, că bea şi că el de asta nu vrea să-şi facă de lucru cu ei. Dar copiii nu au nici o vină că vor creşte şi vor trăi la coada vacii. Fără şansa de a deveni oameni. Aşa s-a exprimat el. S-a întors cu spatele la mine şi a intrat în curte. Eu am rămas sprijinit de gard, scoţând fum pe nas şi întrebându-mă de ce naiba mă bag în chestiile astea. Mâine-poimâine mă voi ocupa de salvat balene.

Farmecul medicinii rurale

A fost o vreme când, dornic de senzații tari, am acceptat un program de gărzi la o unitate medico-socială dintr-o comună. Acolo funcționa o școală specială pentru copii cu dizabilități, adică debili mintali.

Unitatea asta avea pretenții de spital. O fundație olandeză a băgat ceva bănuți și a refăcut oarecum clădirea. Nu neg, a fost o perioadă în care eu, ca medic, am învățat multe. Mi-am testat capacitatea de a reacționa în fața urgențelor, trezit din somn și fără o dotare ca lumea.

Au fost momente când am intrat în gardă vineri seara la ora optsprezece și am ieșit luni dimineața la ora opt. Am înlocuit niște colegi. A fost un week-end deosebit. În ciuda impresiei generale, nu se întâmpla mare lucru acolo. Urgențele nu erau chiar așa dese, motiv pentru mine de a mă deda la porcăriile pe care le fac de obicei ca să treacă timpul.

Am cunoscut acolo un bătrân, cu o vitalitate extraordinară. La șaptezeci de ani avea toți dinții în gură, era lucid, iar în fiecare dimineață la ora cinci cosea iarba din livadă. Cu el mă plimbam prin comună, cumpăram carne pentru grătare, înghețată, dulciuri pentru asistente și cola pentru mine. Făceam un grătar mare, dădeam mâncare și la bolnavi. Totul era minunat. Eu mă apucam de citit. Orele treceau, banii veneau. Nasol era faptul că îmi petreceam week-end-ul departe de ai mei. În rest, boierie.

Sâmbătă seara, de obicei era discotecă la săteni și fiii satului se mai băteau cu tot felul de rängi. Apoi se cărau unii pe alții la spital. Într-o seară mi-a fost adus unul inconștient. Plin de sânge. L-am băgat în salon și gașca lui mi-a spus că, cei care l-au bătut, vin să-i mai tragă vreo două. Eu nu m-am intimidat. Am deschis ușile spitalului și am așteptat în față, fumând. Au venit vreo patru, țepeni de beți. S-au uitat la mine apoi au vrut să intre.

- Băh, băieți. Ăl pe care vreți să-l chisați e lat deja în primul salon. Dacă îi mai dați la temelie, vă rog să mă anunțați când terminați. Am doar un singur rând de pansamente și nu vreau să-l stric până când nu vă potoliți voi.

Ăștia s-au blocat.

- Doctor nebun, dar băiat de treabă. Hai să ne tiram că ne pleacă curvele.

Asta e viața în gardă. Fără pază, fără dotare. La mila tuturor.

◈

I-am frecat la cap pe ăia din Olanda până ce mi-au trimis un sac de box umplut cu zegras. Ce mândru am fost când l-am primit. Am vorbit cu directorul. Mi-a pus la dispoziție șura în care stăteau niște găini, care la primii pumni au zburat afară.

Duminică dimineață mă trezesc pe la nouă, beau o cafea, îmi iau echipamentul și plec la antrenament. Bat în sac o oră și mă întorc în spital.

În fața camerei de gardă era o femeie cu un moș.

- Ce e cu voi, băh?

Eu eram la bustul gol, transpirat, desfigurat de efort. Purtam niște bermude verzi. Eram ras în cap cu briciul.

- Îl așteptăm pe domn' doctor. Asistentele ne-au spus că e la sală. Durează mult operația?

Izbucnesc într-un râs nebun.

- Eu sunt doctorul. Nu am fost la sala de operații, ci la cea de box. Mă duc la duș, mă schimb și vă consult imediat.

Asta rămâne mască.

Am stat sub duș cincisprezece minute și când m-am întors nu mai era nimeni acolo. Bună impresie am mai făcut.

Cu oameni ca mine să tot faci reformă în sistemul sanitar...

Mama și mâinile lui Dumnezeu

Prin prisma meseriei mele văd în fiecare zi suferință, drame, moarte. Toate astea mă afectează fără să vreau. Mă fac să rup o parte din mine și să fiu alături de bolnavi. M-am pregătit toată viața pentru a practica medicina. Învăț și acum. M-am obișnuit cu modul rudimentar de a trata. Permanent sunt alături de oameni cu un cuvânt, cu un sfat, cu un tratament. Sunt un tip de fier, duc foarte multe poveri pe umerii mei, dar nimeni și nimic nu m-a pregătit pentru situația în care voi vizita Reanimarea pentru a o vedea pe mama.

Un grad de subiectivism am mereu în relațiile mele medicale, dar acum nu pot fi decât dărâmat. E înfiorător să intri acolo și să vezi oameni care merg spre groapă. E foarte greu să îți vezi mama în comă profundă. Fără reacții. Respirând artificial. E foarte greu să îți privești colegii cum dau din umeri. E foarte greu să știi medicină și să îți dai seama că șansele ei sunt minime. Dacă sunt!

Reanimarea e o secție specială, unde vin cele mai grave cazuri și unde există cel mai strâns contact cu Dumnezeu pentru că uneori medicina asistă doar la anumite miracole.

Am în minte imaginea unei fetițe speriate care orbecăie în întuneric și care se întreabă mereu ce i s-a întâmplat. Cel mai greu duc partea asta: nu am cum să o ajut, e în mâinile lui Dumnezeu.

Doamne, te rog în fiecare zi să-mi dai harul de a vindeca toți bolnavii care vin la mine, dar acum renunț la asta, te rog doar să nu-ți iei mâinile de pe ea.

Băiețelul și Dumnezeu

A fost odată ca niciodată un băiețel special, grăsuț, cu un păr blond pieptănat într-o parte, cu ochii verzi, un pic timid, ascultător, curios și mai mult tăcut decât vorbăreț.

Îi plăceau animalele, în mod special iepurașii albi, îi plăceau cărțile pentru că erau așa frumos colorate, îi plăceau dulciurile și ceasurile. Mai avea el o pasiune: aceea de a desface toate lucrurile pentru a vedea ce se află înăuntru.

Mama îi pregătea în fiecare dimineață ceva de mâncare, un ou fiert, o cană de lapte, o felie sau două de pâine unse cu unt și dulceață. Mergea cu el peste tot, îi cumpăra înghețată, ciocolată și tot felul de alte prostioare care fac deliciul celor mici.

Anii au trecut și băiețelul a început să iubească altfel de cărți. Mama îi pregătea în fiecare dimineață cafeaua și îl întreba mereu despre lecturile lui.

De o bucată de vreme nu i-a mai pregătit cafeaua pentru că băiețelul a plecat la casa lui și se întâlnea cu el des, dar nu atât de des pe cât ar fi vrut ea.

Într-o zi acest băiețel i-a adus un alt băiețel abia născut și tare mult s-a bucurat pentru că a recunoscut același păr blond și aceleași trăsături.

Ar fi vrut să îi pregătească el cafeaua uneori, ar fi vrut ca el să-i cumpere tot felul de lucruri, dar nu a spus niciodată. Era mulțumită cu timpul pe care cei doi băieței reușeau să-l petreacă împreună cu ea.

Într-o zi, băiețelul, care cândva avea părul blond, s-a rugat ca ea să părăsească patul de spital pe care suferea într-un întuneric și un chin cumplit. Atunci Dumnezeu s-a îndurat și i-a arătat calea pe care va păși de acum încolo mama lui.

Și a fost o lumină albă care a umplut tot salonul și o liniște deplină. Nu se auzeau nici aparatele, nici gemetele suferinzilor, nici vocile celor care lucrau acolo. Băiețelul privea prin geamul salonului la această lumină și o pace deosebită a coborât asupra lui. Într-un final lumina s-a ridicat și patul pe care suferea mama lui a rămas gol.

Băiețelul a privit toate astea cu mare luare aminte și și-a dat seama că Dumnezeu i s-a arătat pentru că îl iubește.

Dualism

Xperia, telefonul de care m-am îndrăgostit pe vremea când lucram în Suedia, dă alarma cum îmi place mie: mai întâi gentil, apoi brutal.

Mă uit pe ecran şi constat că e şase, ora la care mă trezesc în fiecare zi.

E o iarnă cumplită, aşa cum au anunţat britanicii, o mini eră glaciară.

Pentru mine nu e o problemă, ador anotimpul ăsta.

Iubesc frigul, noaptea, zăpada, vântul ce urlă sălbatic pe afară.

Sar din pat şi arunc o privire pe geamul acoperit cu flori de gheaţă.

Trec apoi sub duş, unde zăbovesc prelung.

Mă spăl pe dinţii mei albi, mă bărbieresc cu briciul pe care îl am de la bunicu şi mă acopăr apoi cu o cremă regeneratoare, cică.

Nu cred în prostiile astea, dar îmi face bine senzaţia de răcoare pe care o simt după fiecare aplicare.

Ies din baie, mă îndrept spre aragaz. Pun la fiert cafeaua.

O fac în stilul tradiţional, la ibric.

Cafea *Davidoff*...

Ce aromă, ce gust, ce vitalitate în fiecare strop...

Deschid larg geamul şi savurez aerul tare.

Când licoarea dă în clocot, opresc focul şi acopăr ibricul de cupru cu o farfurie.

Atenție, dragilor, e obligatoriu să puneți trei picături de apă rece în cafea pentru a o limpezi.

E un secret ce vi-l dezvălui fără să vă cer nimic în schimb.

Prima înghițitură... Simt cum renasc. Savurez băutura asta deosebită un timp apoi aprind o țigară.

Știu, este un obicei păcătos.

Adevărul e că, în ultima vreme, am făcut tot felul de excese dar, îmi promit că de mâine voi fi mai responsabil. Nu de azi, de „mâine".

Ecranul deosebit al telefonului se aprinde, bijuteria începe să vibreze.

Cine dracu' îndrăznește să mă sune așa dimineață?

Nici șapte nu e.

Nu cunosc numărul așa că ignor cu nesimțire apelul.

Îmi iau pastila de Ginseng, izvorul meu de energie de zi cu zi și încep să mă îmbrac.

Mă parfumez, apoi ies grăbit pe ușă pentru că trebuie să dezgrop mașina de sub un munte de zăpadă și abia aștept să mă las îmbrățișat de frig.

Îmi pun căștile în urechi. Ascult postul de radio din Kiruna.

Îmi pare rău că am plecat de acolo și m-am întors în țara asta de rahat.

Pe bord, Volvo afișează -17 grade Celsius, dar eu nu sunt prea impresionat.

În Suedia erau frecvente dimineți cu -30°.

Am multă treabă la cabinet.

Trebuie să ajung și la un punct de lucru pe care îl am într-un sat, la 10 km de sediul principal, așa că simt deja povara unei zile pline de consultații.

Gheață, drumuri înfundate, copaci fără frunze.

Conduc prudent și într-un final ajung la căminul cultural.

Un afiș pe un geam murdar: În fiecare Miercuri, la 9, vine Doctorul.

Deschid ușa și intru în camera pe care primăria mi-a pus-o la dispoziție cu generozitate.

Mă izbește căldura dată de soba din teracotă în fața căreia sunt câteva buturugi groase. Cadoul pacienților.

Am o canapea pentru consultații, un birou mic și un dulap cu câteva fiole pentru urgențe.

Ce medicină să practic aici?

Din nou îmi zboară gândul la cabinetul pe care-l aveam în Kiruna. La dotări, la modul în făceam prevenție, la banii pe care i-am câștigat acolo.

Vedeam unsprezece pacienți pe zi, programul era de la 9 la 17, cu o oră pauză, totul pe câteva mii de euro.

Nu sunt un tip materialist, dar nici să muncesc pe doi lei.

Aprind o țigară, scot laptop-ul din geantă. Îl cablez, deschid aplicația cu care lucrez zi de zi.

Marea reformă a sistemului sanitar din România a ajuns în fiecare cătun.

Pacienții mei sunt foarte uimiți de faptul că rețetele lor ies la o imprimantă arhaică, dăruită de Ministerul Sănătății într-o vreme în care medicina primară a fost băgată în seamă la nivel înalt.

Acum e liniște. Nu e nimeni pe hol.

Am ajuns devreme. Îmi place să stau singur în cabinet.

Îmi fac de lucru o vreme cu fiolele din aparatul de urgență, cum era denumită pompos porcăria de dulap de fier din dotare, apoi trec la hârtii.

Ceva nu îmi dă pace.

De câteva săptămâni mă confrunt cu o epidemie de gripă rebelă la orice fel de tratament.

Ceea ce mă surprinde oarecum e predilecția tulpinii virale pentru vârstele înaintate.

Nu am avut asemenea cazuri la grupa 0 - 50 de ani.

Stau în dubii dacă să sun DSP-ul pentru a semnala situația sau să țin toate astea doar pentru mine.

Ăștia mă vor pune să fac o sumedenie de rapoarte, de rahaturi statistice. Pe degeaba.

Îmi amintesc discuția pe care am avut-o cu o tipă:

- Domnule doctor, nu ați transmis la timp formularul E 42!

- Domnișoară, când se va plăti munca asta, voi fi primul care va raporta. Până atunci, puneți din burtă câteva date astfel încât să nu ies din medie.

A luat foc.

- Cum adică din burtă?

- Păi... Haideți să vă arăt cum.

Am luat pixul și am completat aiurea trei formulare.

- Semnați așa ceva?

- Fără nici o reținere, vă rog să mă urmăriți.

Un zgomot ușor mă scoate din reverie.

Au sosit primii pacienți.

Două ore nu fac altceva decât să practic magia cuvintelor și a cunoștințelor medicale asupra unor oameni ce cred în mine cu toată ființa lor.

Termin consultațiile. Închid registrul, laptop-ul și mă urc în mașină.

E timpul să mă îndrept către cabinetul principal, unde observații ciudate în câteva fișe necesită atenția mea.

◈

- Bună ziua, domnule doctor. A fost totul bine la punct?
- Sunteți sănătos? Nu ați răcit pe vremea asta?
- E bun drumul? Se poate circula fără probleme?

Astea sunt întrebările personalului.

- E totul perfect, răspund sobru. Vreau un ceai, împreună cu noutățile. Cum merg tratamentele de ieri? Avem ceva copii programați azi?

Altă parte minunată a reformei: programările.

Parcă dacă vedeam mai mult de douăzeci de pacienți pe zi ce se întâmpla?

Sincer să fiu, de când m-am reîncadrat în sistemul nostru am acumulat un milion de frustrări.

Simt că nu sunt lăsat să practic ceea ce am învățat, că nu sunt lăsat să dăruiesc din priceperea mea tuturor celor ce au nevoie de mine.

Se dorește depersonalizarea ființei umane.

Dacă nu te încadrezi în norme, în statistici, perturbi bazele de date.

Mereu am fost un tip rebel.

Niciodată nu am pus mare preț pe reguli. De aceea figurez pe toate listele negre de la instituțiile care îmi supervizează activitatea.

Sunt aproape de oameni, practic cu pasiune și cu mult

suflet medicina, iar pacienții îmi simt implicarea. De aceea mă iubesc așa mult.

În sfârșit vine și ceaiul.

E fierbinte, e într-o cană mare și e de mentă. Astea sunt cele trei calități pe care le apreciez.

Urmează alte câteva ore de consultații, cu încă două fișe speciale puse deoparte.

În total am douăsprezece.

Îmi promit că sâmbătă dimineață voi veni la cabinet și mă voi dedica studierii lor.

- A fost ultimul pacient, domnule doctor.

- Cât e ceasul?

- Este ora trei. Mai stăm?

- Voi puteți pleca. Eu mai rămân. Am de scris. Ne vedem mâine la ora nouă. Să aveți o zi bună.

Asistentele s-au retras spre vestiar iar eu am rămas din nou singur.

În frigider am o sticlă de Cola.

Pachetul de *Davidoff* așteaptă cuminte dorințele mele de otrăvire, dar nu îi dau încă satisfacție.

Notez meticulos numerele de telefon ale părinților copiilor din lista de fișe pe care le-am pus deoparte.

La fiecare, după nume, pun semnul exclamării.

Deschid un nou document în Word, pe *Xperia* și scriu o singură frază: cum s-au vindecat de bolile cronice pentru care, până acum câteva luni, s-a administrat tratament zilnic?

Astmul Bronșic, Diabetul Zaharat tip 1, Malformațiile Cardiace Congenitale inoperabile, Sindromul Down și Epilepsia nu dispar de la sine.

Nici un studiu nu a menționat vreodată *restitutio ad integrum* pentru aceste boli.

În mod sigur este ceva la mijloc.

Pacienții nu și-au luat tratamentul. Aparținătorii nu au venit să mă solicite la domiciliu pentru complicații. Evoluția lor nu are cum să fie bună. Sunt curios ce legătură e între ei.

Într-o primă etapă, punctul comun este vârsta: cinci ani.

Apoi, luna nașterii: martie. Întocmai ca a mea.

Notez toate aceste aspecte în folderul nou creat. Mă abțin cu greu să dau interpretări personale unor date obiective.

Sunt gata de plecare. Ușa se deschide brusc și o mamă panicată își împinge odrasla în încăpere.

- Bine că v-am prins, domnu' doctor.

Mă uit la ea mirat.

- De ce anume m-ați prins, tanti?

- Iar faceți glume. Fetița e tare bolnavă.

- Dar ce are, mamă dragă? Face febră?

- Nu. Tușește de câteva zile și varsă tot ce mănâncă.

- Zău? Chiar tot? De câte zile?

- Apăi... De vreo trei.

Mă uit la copil. O fetiță frumușică, cu un păr blond, lung, ochi albaștri și un zâmbet sfios pe o mutriță de îngeraș.

M-am prins. Mă-sa are ceva la cap, fata are doar o afecțiune minoră.

- Copilaș, ce te supără? întreb eu sever.

- Mă doare gâtul.

- Tușești?

- Nu.

- Ai vărsat?

- Da.

- De câte ori?

- De două ori.

- Ia să vedem noi. Gurița mare!

Amigdale tumefiate, roșii, cu depozite albicioase, faringe congestionat.

- Fără febră? mă interesez încercând să mimez profesionalismul.

- Domnu' doctor, i-am dat Nurofen, spune mama.

- Mare greșeală. Să ascultăm plămânii.

Scot stetoscopul din geantă și încep examenul clinic.

Maică-sa nici nu respiră de emoție.

După câteva minute îi spun:

- Ia ascultă și tu.

Asta se face roșie.

- Domnu' doctor, dar eu nu mă pricep...

- Dar tu crezi că eu mă pricep? Ia ascultă-mă pe mine și apoi pe ea, să observi diferența.

Asta e viața la dispensarul medical comunal: trebuie să știi să modelezi omul.

- Nu aud nimic, domn' doctor.

- Și dacă nu auzi nimic și nu te pricepi, de ce dai copilului tratament timp de trei zile, fără să vii la mine? E grav. Trebuie internată. Are pneumonie, aprindere la plămâni, înțelegi?

Mă-sa se face galbenă.

- Nu vreau să mergem la spital. Vă rog faceți ceva aici.

- Încerc. Dar să nu mai dai niciodată tratament de

capul tău, ai înțeles? Dacă vezi ceva în neregulă te prezinți la cabinet, nu o faci pe doctorița. Clar?

- Da, domnu' doctor. Să vă dea Dumnezeu sănătate că îmi salvați copilul.

Sunt sever până la capăt.

- Poftim rețeta. Mergi și cumpără de la farmacie. În cinci zile vii cu ea la control.

Fac din ochi fetiței și îi spun:

- Copilaş, nu mai mânca zăpadă! Vrei să ajungi la injecții?!

Îngeraşul zâmbeşte şi iese din cabinet.

Încă un caz deosebit rezolvat de medicul de circă.

Paştele mă-sii, de ce mă irosesc eu aici?

Trăim vremuri grele. Vremuri în care toată populația s-a înrăit, a început să urască intens. Categoriile sociale s-au învrăjbit.

Totul din cauza banilor.

Curios cum nişte hârtii inventate de oameni ajung să conducă lumea...

România este țara în care fenomenul ăsta se observă cel mai bine.

În rarele momente când mă uit la televizor, tot aud de nu știu ce criză mondială și de cât de rău o să ne fie.

Nu știu unde dracu' e criza asta, când pe șosele apar din ce în ce mai mulți bolizi de zeci de mii de euro. Când în magazine stai la coadă, cu toate că prețurile cresc zilnic. E clar că nimeni nu mai trăiește doar din salariu, dar toți se plâng de lipsa banilor. Paradoxală țară.

Eu am o viață spartană. Sunt un tip care se mulțumește cu puțin.

Pentru mine, importante sunt trăirile interioare, efortul continuu de a mă autodepăși, de a împăca eul meu exigent.

Scriu ficțiune și pun mult suflet în toate povestirile pentru că ființa mea vrea să evadeze de pe planeta asta.

Sunt copleșit de imensitatea Universului. De modul său de a ne pune bariere.

Timpul e cel mai mare dușman al rasei umane. Sau inumane, mai bine zis.

Privind la toate capodoperele antichității îmi devine din ce în ce mai apropiată ideea că suntem o specie amnezică.

Am pierdut pe parcurs contactul cu istoria. Cu tot ceea ce strămoșii noștri au reușit să construiască fără tehnologia complexă de azi.

La asta meditez, conducând spre oraș, după o zi istovitoare la cabinet.

E târziu, mi-e foame și abia aștept să ajung la mine în bibliotecă.

Găsesc cu greu un loc de parcare în fața blocului.

Pe scară sunt aceleași hârtii și același miros de mâncare grea, ceva varză călită, cred.

Cu mișcări ușoare deschid ușa apartamentului și mă inundă plăcerea de a fi acasă.

În Suedia nu am simțit așa ceva deși aveam una dintre cele mai cochete locuințe.

Mi-e poftă de chiflele alea suedeze cu macaroane și de borșul din fiecare joi.

Pielea mea, ce excese am făcut acolo...

Câte beri am mai băut, ce sporturi extreme am mai practicat!

Cum i-am învățat pe nordicii ăia rezervați să facă rachiu la cazan și să se bucure de fiecare clipă din fenomenul ăsta magnific numit viață...

Și ce lumină era la Kiruna...

Asta îmi lipsește cel mai mult: magia luminii scandinave.

Nu degeaba se antrenează acolo astronauții.

Ce să vă mai spun de hotelul Artic Eden, în barul căruia mi-am terminat romanul și unde Jack-ul curgea în valuri?

Sau de plimbările în miez de noapte cu schiurile, tras de husky, acest cățel deosebit cu ochi de înger?

Ies din reverie când deschid frigiderul.

În afară de două beri, două cutii de cola și o sticlă de vin nu am nimic.

Morții mă-sii, trebuie să îmi găsesc și eu pe cineva care să mă aștepte cu o mâncare caldă.

Nu am timp însă de complicații feminine. Povestea vieții mele.

Ca de obicei, sun la restaurantul preferat și îmi comand cina.

Scot fișele celor doisprezece pacienți, desfac o bere și mă apuc de studiat.

Intenționez să le învăț pe de rost până sâmbătă.

◈

Am în cap un amalgam greu de depășit după câteva ore. Se pare că acești copii s-au vindecat în mod miraculos, dar nu înțeleg de ce familiile lor nu m-au contactat.

Nu am primit telefoane de la spitale și nici de la Direcția de Sănătate Publică, dar la ce interes pentru știință mai există în țara asta mi se pare normală situația.

Tratamentele au fost oprite cam în aceeași perioadă: luna septembrie.

Zilele astea trebuie să le fac evaluarea periodică pentru că sunt cazuri cronice și necesită o atenție specială din partea personalului medical implicat în supravegherea lor.

Verific din nou fișele să văd dacă nu bat câmpii. Situația e clară: nu au primit rețete pe trei luni. Cel puțin, nu de la mine.

Documentele nu mint, copiii sunt fără tratament de ceva vreme.

Ca medic sunt răvășit și încep să îmi aduc acuzații.

De ce morții mă-sii am scăpat asta din vedere?

Dacă s-a întâmplat ceva cu ei și sunt responsabil, chiar și indirect?

Îmi vine să mă iau la palme de bou ce sunt.

Mâine voi merge la domiciliile lor.

Cu soluția asta în cap, mă dezbrac și mă întind pe patul mare, cu lenjerie de mătase.

Dorm ca un epileptic până ce alarma de zi cu zi mă trezește.

Sar din pleduri cu o energie extraordinară în celule.

Nu am răbdare pentru rutina de dimineață. Renunț la cafea și țigară pentru că sunt deja surescitat iar nervii mei nu ar suporta stimulentele astea fără să intre în grevă la un moment dat.

Ies din casă, fug la maşină şi plec spre pacienţii mei misterioşi.

◈

- Bună dimineaţa, domnule doctor. Dar de ce aţi venit aşa devreme? Nu e nici măcar ora opt, îmi spune femeia ce face curăţenie în dispensar.
- Bună dimineaţa. Am treabă. E venită vreo asistentă?
- Încă nu. Aveţi ceva de lucru? Vă pot ajuta eu?
- Da. Spune-le asistentelor că astăzi nu dau consultaţii. Sunt pe teren. Să mă sune numai în caz de urgenţă majoră. Pentru mofturi nu sunt disponibil, clar?
- Da, domnule doctor.

Mă urc în maşină şi încerc să-mi fac un plan.

Cine e mai aproape?

Vă daţi seama că nu pot da nume, dat fiind confidenţialitatea relaţiei medic pacient.

Se termină asfaltul ca şi răbdarea mea când ajung la casa primului copil de pe lista pe care mi-am propus-o.

Deschid poarta. Un dulău destul de supărat îmi iese în cale lătrând.

De obicei sunt prudent în apropierea animalelor, dar acum nici nu îl bag în seamă.

Înaintez prin curte, spre casă.

Bestia turbează. Se repede la pantalonii mei, dar şutul cu care l-am întâmpinat l-ar face mândru pe orice fotbalist din echipa naţională.

În sfârşit e linişte.

- Alooo... E cineva acasă? – rag eu.

- Da, domnu' doctor. Ce s-a întâmplat?

E mama copilului.

- Păi bine mamaie, cum dracu' vine asta?

Femeia se uită uimită la mine. Niciodată nu am vorbit pacienților în termeni golănești, dar acum nu mă mai pot stăpâni.

- Unde e copilul?

- E plecat la sora mea, la Iași.

Mă dezumflu.

- Și eu de ce nu am fost informat? Are pastile?

- Ieri am vorbit cu el. Are grijă ea să nu ducă lipsă de nimic. Nu am vrut să-l chinui aici. Stă la bloc, e cald, mănâncă bine, are chiar și 'ternet.

- Ce e aia?

- 'Ternet, domnu' doctor. La calculator. Dumneavoastră să nu știți de asta? Se poate? Nu mai glumiți cu mine.

Morții mă-tii de bou ce ești! Te-ai tâmpit de la SF-urile tale. Vezi peste tot numai chestii supranaturale.

- Îmi cer iertare mamă dragă, dar când am văzut că nu mai vine nimeni cu el la consultație, am intrat în panică.

Se uită la mine, mirată.

- Așa sunt eu, grijuliu cu copiii.

- Dumnezeu să te aibă în pază. Bun suflet mai ai.

- Mulțumesc, mamă. Plec acum. Te rog să mă anunți când vine băiatul.

- Da, domnu' doctor.

Scot din buzunar un milion, îl dau femeii și–i spun:

- Am cam boțit potaia, dar a vrut să mă muște. Cheamă veterinarul.

Femeia ridică din umeri și rămâne fără cuvinte.

Ies încet din curte, sar în Volvo și o tai spre următorul copil.

E plecat la Timișoara. Tot la o rudă.

Ce dracu? E un obicei la ăștia să își trimită copiii, iarna, la oraș? Chiar așa o sărăcie e în casele astea?

Bat satul până la amiază, dar nu găsesc nici un pacient.

Obosit, flămând, cu o durere cumplită de cap și un mare sentiment de frustrare mă întorc la dispensar.

Pe holurile acestuia e miting.

Mulți oameni mă așteaptă, asistentele sunt depășite de situație așa că mă întâmpină cu zâmbete de ușurare

- Ce e dezordinea asta aici?

- Domnule doctor, nu știm. Sunt patruzeci de pacienți care vor să stea de vorbă cu dumneavoastră.

- Păi... Nu lucrăm cu programări? Voi ați dormit? Este și mâine o zi.

- Știți cum e: fiecare are de pus doar o întrebare.

Asta e minciuna clasică.

- Foarte bine. Ies pe sală să le spun cum vor decurge consultațiile. Vreau cafea, cola și cinci minute de liniște, apoi rezolvăm tot.

Partea bună a reformei sanitare este că s-a reușit unificarea tuturor datelor despre pacienți.

Cu ajutorul unui cod special am acces la istoricul bolilor și al tratamentelor efectuate oricărui bolnav din țara asta.

Oriunde ar fi, pot verifica on-line dacă a fost văzut de colegii mei.

Pacienții mint, o replică celebră dintr-un serial cu un doctor atipic.

Are dreptate.

Liniștea pe care am dobândit-o după ziua de vizite la domiciliu se spulberă imediat ce verific în aplicație, pe baza CNP-urilor, dacă cei doisprezece copii ai mei au primit tratament.

Rețetele pentru bolile lor sunt cu regim special așa că este obligatorie raportarea lor, iar de la regula asta nu fac nici măcar eu excepție, cu toată aversiunea mea față de formulare.

Sunt siderat. Ce dracu' e aici? Iau telefonul și cu ajutorul unei opțiuni speciale fac o conferință cu asistentele, încercând să aflu mai multe despre familiile astea.

M-am transformat într-un detectiv. Problema începe să mă macine atât de tare încât nu voi avea liniște. Trebuie să o rezolv.

Ce aflu de la personal nu e mare lucru.

Aceleași povești triste, pline de suferință, pe care le aud de la babele din sat când am timp să stau la bârfă cu ele.

Scenariul clasic. El bea de stinge. Muncește cu ziua. Ea naște pe bandă, o mai ia și peste ochi când îndrăznește să protesteze. Copiii cresc cum dă Dumnezeu. Sărăcia și incultura e la tot pasul.

La douăzeci de kilometri de oraș e o altă lume. Înghețată parcă într-un ev mediu negru, cu reguli precise, cu temeri și superstiții patronate cu grijă de cei care au interesul ca enoriașii să rămână în întuneric. Nu spun că peste tot e la fel. Că este fenomenul care guvernează satul românesc, atât de idealizat de tot felul de autori bucolici sau alcoolici, dar m-am izbit de situaţii ce m-au lăsat fără cuvinte.

Într-o zi am fost chemat la domiciliu de o gravidă cu dureri şi, din fericire, am constatat că mai are timp sa ajungă la spital.

Când am urcat-o în salvare i-am zis:

- Naştere uşoară.

La care ea:

- Mulţumesc. Şi dumneavoastră la fel.

Ce să-i ceri? Ăsta e nivelul.

Iar bat câmpii. Defect profesional, vă rog să mă scuzaţi.

Centralizez datele.

Deci, toţi cei doisprezece copii, născuţi în luna martie, nu au mai primit tratament, pentru boli cronice grave, de câteva luni.

Nu sunt morţi, nu sunt internaţi, nu sunt de găsit la domiciliu.

Unul e la Timişoara, iar restul în Iaşi, Bacău, Vaslui.

Toţi sunt plecaţi la rude. Ciudat e faptul că anul trecut nu au făcut asta.

Ceva îmi scapă, dar nu ştiu ce. Am în minte piesele unui puzzle uriaş, cu implicaţii grave, iar eu nu sunt în stare să le potrivesc.

Aprind a nu ştiu câta ţigară, torn într-un pahar de cristal licoarea creată de bunul meu prieten Jack, adaug trei cuburi de gheaţă şi meditez.

În momentul în care cuburile s-au topit pe jumătate dau pe gât lichidul care a fost nectarul meu în nopţile scandinave.

Decid să abordez situația ca și cum ar fi o problemă de diagnostic: prin anamneză dusă la extrem.

Am omis ceva, am fost superficial în discuții. De mâine o iau de la capăt cu vizitele.

◈

- Neața, mamă.
- Bună dimineața, pan doctor. Ce s-a întâmplat?
- Nimic. Ne obligă ăstia de la minister să mergem pe teren, pe la casele oamenilor, să vizităm bolnavii.
- Păi, asta e bine. Pe mine mă dor genunchii de ceva vreme și nu pot ajunge la dispensar. Vă rog, veniți în casă.

Mă iau după babă.

Intru în bucătărie. Pe plita încinsă de un foc puternic fierb câteva oale.

Pe cuptor stă un moș senil care mă privește absent.
- Să trăiești bunicule. Ce mai faci?
- Trebuie să vorbiți mai tare. Nu aude.

Perspectiva de a urla ca la concertul Slayer nu mi se pare așa atractivă la ora asta.
- E bolnav moșul?
- Nu e bolnav, dar mă enervează, așa că îi dau diazepam, să am și eu oleacă de liniște.

Rămân blocat. Babă nebună.
- Ce fierbe acolo? mă interesez eu.
- Colțunași.
- Uau!! Cu dulceață?
- Vreți să vă dau? Am și cu dulceață și cu brânză.

- Cu dulceață, mamă, spun eu.

Îmi dau haina jos și mă așez la masă.

- Păi, cu atâta muncă pe cap, e normal să vă prindă foamea. Acuma vă aduc o farfurie.

Am intrat în atmosferă. Baba nu are ce face așa că e gata de povestit.

- Bunică, ia spune matale, cum sunt vecinii? Știu că băiețelul de peste drum e tare bolnav. Mă duc îndată pe la el.

- Săracul băiet! Are boala aia: ducă-se pe pustii. Tremură tot și se pișă pe el, să mă iertați. Dar ce să faci? Dumnezeu nu bate cu parul, domnu' doctor!

Între timp, cinci colțunași fierbinți apar în fața mea.

- Zahăr ai, bunică?

- Păi, matale nu știi ca nu e sănătos?

- Trebuie sa urmezi ce spune doctorul, nu ce face el, corect?

Nu mai zice nimic. Îmi aduce o cutie de tablă.

Fără să-mi pese de milioanele de calorii pe care le bag în mine torn din belșug în farfurie.

- Cum adică, mamă, nu bate cu parul?

- Sunt de la sectă, domnu' doctor.

- Ce sectă?

- Nu știu cum îi cheamă, dar o să ardă toți în iad. Ce a mai ajuns lumea asta...

- Bunică, Soarele răsare și pentru cei buni și pentru cei răi. Așa scrie în Carte.

- Dreptate ai, zice baba trăgându-și un rând de cruci.

E atât de solemn momentul încât mă simt obligat să fac și eu la fel.

Acum sunt unul de al ei. E gata să-mi spună orice. Şi ce mândră va fi când va povesti babelor că doctorul, băiat credincios, a stat la masă cu ea.

Îmi asum riscul de a intra în gura satului pentru că scopul e nobil.

- Spune bunică, ce se întâmplă la sectă?

- Ei nu erau sectanţi până acum ceva vreme, dar, de când a venit vindecătorul ăla, s-au schimbat. Au uitat Sfânta Credinţă şi Sfânta Carte.

Alte cruci la care eu particip cu mare entuziasm.

- Ce vindecător? Singurul care tratează pe aici sunt eu.

- Matale nu păcăleşti lumea, chiar ştii ce faci.

Oare?

- A venit acum vreo trei luni şi a umblat pe la multe case.

- Era singur?

- Nu, cu pastorul lor. Nenea Vasile de lângă poştă. La unele case a stat puţin, dar la altele a zăbovit peste noapte.

- Şi ce a făcut acolo?

- Nu ştiu sigur. Cică a vorbit mult, a pus mâna pe cei bolnavi şi le-a spus că nu mai au nevoie de pastile.

- Cum arată vindecătorul ăsta?

- E un băiet tânăr, ca matale, un pic mai slăbuţ şi înalt. Poartă plete ca ăia de la metalul greu.

Era să mă înec cu colţunaşii.

- Ce metal greu, bunică?

- Nu ştiu. Aşa spune un nepot de al meu. Că la metalul greu se poartă plete. O fi vreo fabrică ceva.

Ce a făcut 'ternetul din ţara asta... Nu mai pot mânca. Baba m-a îndopat ca pe un naufragiat.

- Bunică, sărut mâna pentru masă.

- Să-ți fie de bine. Ceva pentru genunchii mei aveți la dispensar?

- Am eu în mașină niște leacuri.

Aduc babei pastilele și plec spre cabinet într-o stare de surescitare deosebită.

Cine dracu' o fi vindecătorul ăsta?

După câteva ore de muncă asiduă fac o pauză.

- Vă rog să îmi dați numărul lui Vasile, de lângă poștă.

- E pe fișă, domnule doctor. Imediat vi-l scriu pe ceva.

Sun ca disperatul, dar nu îmi răspunde nimeni.

Poate e ocupat omul.

- Una din voi să meargă până la el și să-i spună că l-a rugat doctorul să vină la dispensar. Am ceva să-i comunic.

- Nu e acasă. Se întoarce abia săptămâna viitoare. Am vorbit ieri cu soția lui.

- Să vină la mine.

- Sunteți sigur? Știți cum sunt ăstia. Ea nu face nimic fără să aibă acordul lui.

- Încercați, vă rog. E important.

După jumătate de oră se întoarce asistenta și îmi spune că femeia nu poate veni, dar i-a lăsat cartea mea de vizită și în mod sigur mă va suna.

Nu mai am răbdare. Decid să apuc taurul de coarne.

- Plec acum. Mâine nu vin. Vă rog să reprogramați toți pacienții. Ceva deosebit de important mă silește să iau decizia asta.

Am un indiciu slab, dar presimt că voi lumina măcar un pic drumul nesigur pe care merg acum.

Sora de la Iași, cea care avea 'ternet la bloc, a fost mai demult la o consultație și atunci i-am luat toate datele.

Am chiar o copie după buletinul ei în arhivă.

Sar în mașină. Plec spre orașul în care am făcut facultatea. Vreau să văd băiețelul cu ochii mei.

Dezamăgirea mea e mai mare decât steaua Canis Majoris când aflu de la soț că sora a murit de câteva luni răpusă de un cancer osos și nu e nici un nepot la el.

Țigările nu mai au gust, atmosfera academică a acestei metropole universitare nu mă mai atrage, dorința mea de a cumpăra câteva cărți a dispărut.

Forțez mașina la maxim pe drumul de întoarcere și deschid foarte abătut ușa apartamentului.

Mă prăbușesc în unul din fotolii și încerc să-l vizualizez pe acest vindecător care îmi tot tulbură liniștea.

L-aș lua la palme dacă ar fi de găsit. Ce fel de om ar face așa ceva? Să pună el în pericol viața unor copii nevinovați pentru o halucinație de a lui... În mod sigur are patologie psihiatrică.

Deschid radioul, dar dau peste unul care își prezintă în direct o criză renală ce, în capul lui, sună a muzică, așa că renunț să mai ascult.

Sar la calculator și caut pe internet informații despre comunități religioase.

Sunt un milion de secte în lumea asta. Nu știu de unde să încep pentru că e foarte mult de citit.

Setez motorul de căutare pe fotografii de pastori și tot felul de moace mă salută.

Impresia generală e cea a unor oameni echilibrați, realizați, fericiți.

Caut în mod special un băiat cu părul lung, dar nu am succes.

Mi se urcă sângele în cap de nervi și frustrare. Sunt un tip de acțiune. Ajunge cu biroul.

Știu, din tot felul de discuții, că mulți dintre practicanții cultelor religioase au întâlniri în fiecare zi. Adunări, cum le spun ei.

Decid că voi participa și eu în seara asta la una.

Sar la volan. Strivesc pedala de accelerație a mașinii și ajung la cabinet în timp record.

Parchez, alături de câteva mașini din ultimul catalog auto. La poartă, câțiva indivizi destul de bine făcuți freacă menta. Nu sunt puși acolo să ofere flori, după cum arată. E clar că persoane importante se află înăuntru.

Băiat prevăzător, am luat cu mine o Biblie veche, ediție de colecție, pe care am primit-o de la un călugăr din Suedia.

Ajung lângă ei. Ridic cartea deasupra capului. Se uită la mine mirați.

- Bună seara, frații mei. Sunt așteptat. Vă rog să mă escortați.

Nu pricep.

Încerc atunci engleza, limba universală, și un zâmbet larg se afișează pe mutrele lor de bătăuși. Mă încadrează, mă percheziționează, apoi mă conduc până la ușa clădirii.

Le mulțumesc și pășesc înăuntru.

E foarte multă lume. Pe câțiva îi știu pentru că am avut de a face cu ei la cabinet, dar marea majoritate sunt necunoscuți.

Nu mă bagă nimeni în seamă deoarece ochii tuturor sunt îndreptați spre, nu știu cum se numește, așa că îi voi spune partea centrală a încăperii.

Sunt acolo doisprezece copii îmbrăcați în alb, care, dispuși în cerc, cu mâinile împreunate și ochii închiși, șoptesc cuvinte de neînțeles.

În nici un caz nu e vreo limbă pe care eu să o recunosc.

În mijlocul cercului, ghiciți cine se află?

Știam eu că nu scriu pentru oameni care au tărâțe în cap.

Ați ghicit din prima.

Este băiatul de la metalul greu.

E un tip fascinant. Înalt, îmbrăcat în roșu, cu un păr lung, pieptănat frumos pe spate, cu o frunte lată și o barbă fină ce acoperea un obraz brăzdat de cute.

Are ochii închiși, dar probabil a simțit privirea mea așa că în secunda următoare mă fixează.

Dragii mei, ce senzații poate da nenea ăsta... E fenomenal.

Simt ca mi-e superior, că voința mea este trestie în vânt pe lângă a lui.

Nu am încercat niciodată hipnoza, dar cred că asta e ceea ce face acum cu mine.

Rămân catatonic până când vocea sa mă scoate din obnubilare.

- Și vindecătorul va veni după mine, așa cum v-am spus.

Deci, până la urmă, mi se recunosc veleitățile.

- E ultima seară în care ne vedem. Vă rog să urmați tot ceea ce v-am învățat.

Toată lumea se uită la el ca la un zeu. Copiii au format un alai în spatele lui.

- Vino, vindecătorule. Avem de vorbit.

Am de ales?

Ieşim din clădire. Apare un microbuz în care ne urcăm în ordine: eu, tipul ăsta extraordinar şi cei doisprezece copii, care, v-aţi dat seama, sunt pacienţii mei.

Nu mă pot abţine şi încep cu întrebările.

- Copii, sunteţi bine? A mai avut cineva crize?

Se uită la mine miraţi, dar nu scot un cuvânt. La prima vedere am impresia că sunt mai sănătoşi ca oricând. Cum dracu' e posibil aşa ceva?

- Nimic nu e imposibil când priveşti totul ca pe o iluzie.

Îmi citeşte gândurile pastorul ăsta sau ce naiba o fi el.

- Asta e credinţa ta, învăţătorule? încerc eu să fiu ironic.

- Nu te plasa acolo unde nu ai ce căuta, vindecătorule. Ce e credinţa ?

- Un refugiu. Mai ales atunci când eşti conştient de propria moarte.

Jur că îl văd zâmbind.

- De ce ţi-a luat atât de mult timp să mă găseşti?

- De ce nu ai venit tu la mine dacă era scris să ne vedem?

- Acum te supraevaluezi. Ţi-am arătat calea din momentul în care am nimerit aici pentru că am simţit forţa din tine, obsesia ta de a pleca. Îţi dau şansa asta.

Rămân siderat. Ăsta mereu obţinea tot ce voia? Ispita e mare. Dar cum să cred într-un asemenea tip? Într-o secundă, mi-a intuit toate dorinţele, toate visurile.

- Copiii sunt bine acum. Nu-i pot lua cu mine. E cam limitat spaţiul din... vehiculul meu.

Din nou acelaşi zâmbet misterios. Mă enervez.

- A mai fost unul ca tine acum vreo două mii de ani, nu?

- Te rog să precizezi: ca mine sau identic cu mine?

Dragii mei, în punctul ăsta am clacat. Vă dați seama ce încearcă să-mi spună? Pur și simplu, rămân fără glas, fără gânduri, fără... nimic.

Sunt acum doar un mare balon, golit de orice interacțiune cu mediul înconjurător.

- E un accident oprirea mea pe meleagurile astea. Timpul nu e potrivit. Voi pleca, iar tu, vindecătorule, ai grijă pe cine și cum atingi. De azi înainte îți meriți pe deplin numele ăsta.

Mă prinde de mâini și simt cum ceva, ce nu pot defini, mi se strecoară în toate celulele.

- E o povară, nu un dar. Te voi urmări.

Senzorialul meu intră în grevă și se face întuneric. Dragii mei, soilesc acum. Vă rog să mă treziți la următorul capitol.

- Domnule doctor, sunteți bine?
- Oare ce s-a întâmplat?
- Al cui o fi microbuzul?
- Dar ce căuta noaptea în pădure?
- Nu e rănit. Poate doarme.

Voci...

Numai că mie îmi fac rău aceste zgomote. Trebuie să mă concentrez puternic pentru a le înțelege. Deschid ochii și văd pereții cabinetului.

Sunt întins pe canapea. În jurul meu roiesc asistentele și câțiva băieți de pe ambulanță care se chinuiesc să mă conecteze la electrocardiograf. Am o perfuzie care mă deranjează. În mod sigur au pus doar vitamine în ea. Ce dracu' să îmi administreze? Că nu au nimic altceva în dotare.

- Copiii sunt bine? întreb cu glas stins.

- Care copii, domnule doctor? Erați singur în pădure. Ce făceați acolo?

Nu spun nimic, le zâmbesc frumos și mă ridic.

- Stați liniștit! Cei mai răi pacienți sunt doctorii!

- Gura! Cafeaua mea unde e?

Se uită toți la mine uimiți.

- Nu am nici pe dracu! Terminați cu porcăriile astea.

Îmi smulg perfuzia și cu pași repezi intru în camera mea, unde nimeni nu cutează să mă urmeze. Ies cu cana plină de cafea, arunc cheile de la Volvo șoferului de pe ambulanță și-i spun:

- Vezi că în bord e un pachet de *Davidoff*. Adu-l încoace rapid.

Omul se conformează.

A fost ultima oară când am mai văzut fețe și corpuri umane.

Acum văd doar energii de diferite culori, iar după intensitatea lor pot să îmi dau seama ce anume perturbă echilibrul sistemului.

Atingerea mea aduce normalitatea.

Doar că eu trebuie să îmbrac toată această magie în rigorile unei consultații medicale.

Cuprins

TIPĂRIT LA TIPOGRAFIA
manifest suceava